KB063384

로크미디어가
유혹하는
재미있는 세상

무림세가
전생랭커

무림세가 전생랭커 12

2022년 4월 25일 초판 1쇄 인쇄
2022년 4월 28일 초판 1쇄 발행

지은이 산보
발행인 김정수 강준규

기획 이기헌 왕소현 박경무 강민구
책임편집 천기덕
마케팅지원 이원선

발행처 (주)로크미디어
출판등록 2003년 3월 24일
주소 서울시 마포구 성암로 330 DMC첨단산업센터 318호
Tel (02)3273-5135 **편집** 070-7863-0307 **Fax** (02)3273-5134
홈페이지 rokmedia.com **E-mail** rokmedia@empas.com

ⓒ 산보, 2021

값 8,000원

ISBN 979-11-354-7053-0 (12권)
ISBN 979-11-354-9773-5 04810 (세트)

차례

1장

천마신교 본단.

주인이 사라진 천마신궁에 세 사람이 자리하고 있었다.

부교주 천진중과 그의 심복인 좌신장, 유령신군 호괴승과 총군사 독심마불이었다.

두 사람의 보고를 받는 천진중은 탐탁지 않다는 듯, 표정을 굳힌 채 연신 의자의 손잡이 부분을 손가락으로 두드리고 있었다.

수하들이 눈치만 살피고 있던 그때, 천진중이 광기 어린 눈빛을 번뜩이며 말을 꺼냈다.

"아직도 견초번의 연통이 없다라……."

사맥주들과 장로들을 소집하여 천마의 죽음을 알린 날.

마지막까지 천마의 죽음을 부정하던 견초번은 결국 천진중에게 충성을 맹세하였다.

　그리고 그런 견초번에게 천진중은 복종의 증명으로 우신장, 주태명과 천서린의 암살을 지시하였다.

　하지만 아직까지 아무런 연통이 없다는 것은 우신장이 계략을 눈치챘고 최악의 상황이 벌어졌다는 것뿐이었다.

　"……예, 아무래도 놈이 임무를 실패한 것 같습니다."

　천진중의 전신에서 뿜어져 나오는 마기를 겨우 참아 내며 독심마불이 대답하자, 천진중이 미간을 좁혔다.

　"변심의 가능성은?"

　천진중의 말에 한참을 고심하던 독심마불은 나직이 말을 꺼냈다.

　"……그런 일은 없었을 것입니다. 놈은 신교의 분열을 가장 두려워했으니까요. 천비광의 비호가 없어진 이상, 그 딸이 천마의 자리에 오르는 것은 불가능하다고 판단했을 것이고 임무의 성공을 최우선으로 생각했을 겁니다."

　"그렇다면 그 말인즉, 견초번과 검대 모두가 전멸을 당했다는 뜻이겠군."

　"……송구스럽습니다. 제가 우신장의 실력을 얕본 모양입니다."

　그러나 독심마불의 말에도 천진중은 홀로 한참을 골몰히 생각에 잠겼다.

그러다가 이내 무언가를 알아차린 듯, 천진중의 눈빛에 이채가 떠올랐다.

"놈들의 목숨 따위는 어차피 애초에 천마의 장례식까지 시간을 벌 작정으로 보낸 것이니 하등 상관없다."

천진중이 혼잣말을 뇌까리며 자리에서 일어나 반쯤 열린 창문 쪽으로 천천히 걸어갔다.

그가 칠흑 같은 밤하늘을 노려보며 말을 이어 나갔다.

"다만 전서를 보낼 한 놈조차 살아남지 못했다는 것은 말이 다르지."

독심마불과 호괴승이 천진중의 말에 촉각을 곤두세우며 집중하고 있었다.

"전멸의 원인은 필시 다른 데에 있을 것이다."

"……다른 곳이라면?"

그들의 물음에 천진중의 전신에서 강렬한 살기가 뿜어져 나오기 시작했다.

평범한 이라면 그 지독한 기운에 그대로 심장이 멈췄을 정도로 흉포하기 짝이 없었다.

"백운세가. 그리고 분명히 '신무삼성' 중 하나가 도움을 준 것이 분명하다."

"……!"

신무삼성.

강호의 무인들이 유신운, 귀면랑, 소신의 세 사람을 일컫는 칭호였다.

이제는 황제를 등에 업고 담천군과 더불어 무림을 양분하게 된 백운세가 또한 어느새 이패(二覇)라고 불리고 있었다.

강호의 호사가들 중에는 마교를 그들의 아래로 두는 이도 있을 지경이었다.

당연히 이런 일련의 흐름을 모든 마교인들은 결코 가볍게 보고 있지 않았다.

생각지 않은 천진중의 말에 독심마불과 호괴승이 당혹을 금치 못하고 있던 그때.

천진중은 밤하늘에서 시선을 돌려 한 전각을 바라보았다.

장례식이 치러지기 전까지 천마의 시체가 잠들어 있는 곳이었다.

'……주태명이 유신운과 긴밀하게 만나고 있다는 놈들의 말이 사실이었던 모양이군.'

복잡해진 그의 머릿속에서 혈교의 사자가 그에게 알렸던 전언이 다시금 울려 퍼지고 있었다.

―천서린과 주태명은 분명히 백운세가의 힘을 등에 업고 마교를 장악하려 할 것입니다. 저희의 도움이 없다면 완전하지 않은 마교의 힘으로 그들의 힘을 감당하실 수 있겠습니까?

천마를 봉인시키는 데에 도움을 준 놈들은 이제 태도를 완전히 바꿔 대놓고 천진중을 압박하고 있었다.

'시건방진 놈들.'

처음 그를 포섭할 때는 극도의 저자세로 나온 혈교였지만, 지금은 자신들이 상전처럼 행세하고 있었다.

하나 예상치 못한 것은 아니었다.

상대가 치명적인 약점을 쥔 것이나 마찬가지였으니 당연한 수순이었다.

'하지만 그럼에도 거부할 수 없는 제안이었다.'

그러나 어쩔 수 없었다.

천마의 권좌는 그가 평생을 갈망했던 자리였기 때문이었다.

그는 마지막 방해물인 천서린을 떠올리며 섬뜩한 눈빛을 번뜩였다.

'이렇게 된 이상 어떻게든 그년이 가진 천마신공을 얻어내고 신검의 주인이 되어야 한다.'

천마신공과 흑천마검.

그 두 가지가 바로 천마신교의 모두를 통합시킬 수 있는 정통성의 상징이었다.

하지만 둘 중 어느 것도 천진중은 가지지 못했다.

이유는 간단했다.

천마신공은 오로지 현 교주가 차기 교주에게 직접 전수하는 무공이었기에, 비급 같은 것은 전혀 존재하지 않았기 때문이었으며.

흑천마검은 그의 허리에 매여 있었으나…….

우우웅!

우웅!

'감히 날 거부하다니.'

살아있는 의지가 깃든 신기(神器)인 흑천마검은 지금도 공명을 뿜어내며 그에 대한 거부 의사를 표출하고 있었기 때문이었다.

두 증표를 지니지 못한 교주는 반쪽짜리에 불과하였다.

신교도의 피를 이은 자라면 누구든 증표를 얻지 못한 교주에게 천마의 이름을 걸고 도전을 할 수 있었다.

그것이 신교를 지탱하는 강자존의 법칙이었다.

물론 도전은 목숨을 걸어야 하기에 아직 누구도 천진중에게 감히 시행하지 못했지만, 그만큼 증표가 없으면 교주의 권위가 떨어진다는 이야기였다.

"추격대를 편성해라. 내가 직접 그리로 갈 것이다."

"존명!"

두 사람이 예를 갖추며 물러났다.

홀로 방안에 남은 천진중은 다시금 검게 물든 하늘을 바라보며 생각에 잠겼다.

'차후에 혈교와의 연결고리를 끊을 힘 또한 필요하다. 놈들과의 병력 차를 압도할 무언가만 있다면…….'

한데 그때였다.

"……저건?"

칠흑의 하늘에서 꿈틀거리는 무언가를 확인한 천진중이 의아한 목소리를 내뱉었다.

작은 점이었던 의문의 물체가 점점 커다랗게 보이고 있었다.

"……!"

완전한 실체를 확인한 천진중이 경악한 그때.

콰아아아!

뼈만 남은 악룡의 입에서 뿜어진 거대한 충격파가 신교의 성벽을 향해 쏟아져 나왔다.

⌒

"적의 습격이다!"

"모두 전투를 준비하라!"

고요했던 마교의 내부가 순식간에 극도로 혼란스러워져 있었다.

당연한 일이었다.

마교의 역사 동안 단 한 번도 벌어진 적이 없는, 본궁이 습격당하는 최초의 사건이 일어났기 때문이었다.

와르르 무너진 성벽 쪽으로 본궁에 자리하던 마교의 전 병력이 출두하여 있었다.

모두가 잠들었을 야심한 시간이었지만 습격이 벌어지자 조금의 느슨함도 없이 쾌속하게 진행되었다.

얼마나 마교의 병력이 잘 훈련되어 있는지를 보여 주는 예였다.

하지만.

산처럼 쌓인 시체와 강처럼 흐르는 피를 보아도 두려움이 없는 마교의 마인들은 하늘의 적을 확인하고는 얼굴에 떠오른 당혹스러움을 숨기지 못하고 있었다.

"······저게 무슨?"

"······골룡(骨龍)?"

뼈만 남은 악룡(惡龍)이 그들을 향해 흉포한 날갯짓을 하고 있었다.

하늘에서 지독한 한기가 서린 안광을 쏟아 내는 악룡을 보며 마인들이 어찌할 바를 모르고 있던 그때.

"궁수들은 모두 사격을 준비하라!"

독심마불이 마기를 담은 사자후를 터뜨리며 공격을 명령하였다.

그에 정신을 차린 마교의 궁수들이 기운을 담아 활시위를 당겼다.

쐐애액!

촤아아아!

공기가 찢어지는 파공성과 함께 수천의 화살이 하늘을 새까맣게 뒤덮으며 악룡을 향해 쏟아졌다.

하지만 마교의 궁수들 중 누구도 자신들의 공격이 성공하리란 생각을 하고 있지 않았다.

최소 현경 이상의 강대한 힘이 느껴지는 악룡에게 강기도 담기지 않은 자신들의 공격이 먹힐 것 같지 않았기 때문이었다.

그리고 다음 순간.

−크롸아아!

그들의 예상은 곧 현실이 되었다.

파스스스!

파즈즈!

천둥 같은 악룡의 포효가 울려 퍼짐과 동시에 악룡의 코앞까지 당도했던 수천의 화살들이 모두 불길에 휩싸여 흔적도 없이 사라져 있었다.

너무도 허무하게 자신들의 공격이 실패로 돌아가자 독심마불을 포함해 마교의 병력들은 어찌할 바를 모르고 있었다.

'실로 강대한 힘이로다.'

그중 유일하게 천진중만이 악룡을 바라보며 탐욕이 가득한 눈빛을 띠고 있을 뿐이었다.

"화포가 준비되었습니다!"

"군사님! 명령을!"

그때 후위에서 화포를 준비하던 무사들이 독심마불에게 커다랗게 소리쳤다.

"날개를 맞추어 지상으로 추락시킨다! 모두 포격을 시……!"

독심마불이 포격을 명령하려던 순간.

"모두 멈춰라!"

느닷없이 천진중이 한 손을 들어 모든 공격을 중지시켰다.

독심마불을 포함한 모든 마교의 무사들이 갑작스러운 명령에 의아해하고 있었다.

"교주님, 어찌……?"

"악룡의 등 뒤를 보아라."

독심마불이 고개를 갸웃하며 말을 꺼내자 천진중이 손가락으로 악룡의 등을 가리켰다.

그러자 무사들이 뒤늦게 악룡의 동공이 아닌 등 뒤를 바라보았다.

'저건!'

그들은 마룡을 타고 있는 한 사람을 확인할 수 있었다.

펄럭펄럭.

정체를 알 수 없는 존재는 항복을 의미하는 백기(白旗)를 흔들고 있었다.

'도대체 이게 무슨?'

독심마불은 당최 이게 무슨 상황인지 이해를 하지 못하고 있었다.

"어어?"

"내려온다!"

하지만 의문이 해결되기도 전에 악룡이 알아서 고도를 낮추어 천천히 지상으로 내려앉고 있었다.

사맥의 가주들과 장로들이 기회를 잡았다 싶어 그런 악룡에게 달려들려 했지만, 이번에도 천진중이 막아 세웠다.

결국 모두는 숨을 죽이며 그 광경을 지켜볼 수밖에는 없었다.

좌아아.

처척.

악룡이 거대한 두 날개를 접으며 지상에 착지하였다.

그리고 등 위에서 정체를 알 수 없는 한 남자가 모습을 드러내었다.

'저, 저자는?'

그의 정체를 알아차린 독심마불이 당황을 숨기지 못했다.

독심마불은 빠르게 천진중에게 그의 정체에 대해 알려 주었다.

"이거 밤중에 결례를 범하고 말았습니다."

"신출귀몰한 재주를 가지고 있다고는 익히 들었지만 이렇게 감히 본 교에까지 나타날 줄은 몰랐군, 소신의."

"호오, 저에 대해 이미 알고 계시는군요. 실로 영광입니다, 교주님."

천진중의 말에 소신의, 유신운이 활짝 웃으며 말을 꺼냈다.

"삶의 미련이 사라져 스스로 죽음을 택하기 위함인가? 아니면 감히 신교와 전쟁을 선포하기 위함인가?"

말을 꺼내는 천진중의 전신에서 흉포한 살기와 마기가 동시에 넘실거리기 시작했다.

"이런 무슨 말씀을. 둘 다 아닙니다. 저는 그저 교주님과 협상하기 위해 찾아왔을 뿐입니다."

하지만 소신의는 천진중의 마기를 아무렇지도 않게 받아치며 대답을 하고 있었다.

그 모습에 장로들을 포함한 마교의 무사들은 모두 깜짝 놀랐다.

신무삼성에서 전력이 가장 낮다고 평가되는 소신의가 예상보다 훨씬 뛰어난 무위를 지니고 있었기 때문이었다.

"협상? 이런 난리를 피우고 그 말을 내가 믿을 수 있을 것 같나?"

"피해는 정말 죄송하게 생각합니다. 변명을 하자면 보았듯이 이놈이 워낙 흉포한지라 온전히 제 뜻에 맞게 다룰 수가 없습니다."

천진중은 협상이라는 유신운의 목적을 전혀 믿지 않았다.

그는 당장이라도 소신의의 목을 꺾어 버리고 싶었지만, 놈이 자신을 '교주'라고 지칭한 것을 되새기며 어디까지 정보를 알고 있는지 캐내고 있을 뿐이었다.

"흐음, 이런 저의 실수 때문에 분위기가 완전히 엉망이 되어 버렸군요. 아, 그럼 이렇게 하시죠."

하나 그때 유신운이 침음을 흘리며 말을 꺼냈다.

"협상에 앞서 준비한 선물을 먼저 드리도록 하지요."

그 말과 함께 소신의는 등을 보이며 몸을 획 돌려 용의 등에서 무언가를 번쩍 들어 올리더니 발치에 내려놓았다.

"……!"

"……!"

천진중을 포함한 상황을 지켜보던 모두의 눈동자가 터질 듯 커졌다.

"……크윽."

그들의 눈에 들어온 것은 전신이 온통 상처와 피로 물들어 있는 주태명과 천서린의 모습이었기 때문이었다.

"이제 좀 대화를 나눠 볼 생각이 드십니까?"

그러던 그때 소신의가 음험하기 짝이 없는 미소를 짓고 있었다.

"우, 우신장님이 왜?"

"말도 안 돼……."

마교의 무사들이 만신창이가 되어 있는 주태명을 보고 놀람을 금치 못하고 있었다.

헛것을 본 것처럼 몇 번이나 거듭 눈을 비비는 이도 있을 정도였다.

그럴 만도 한 것이 고강한 무공 실력과 인성을 동시에 갖추고 있는 주태명은 많은 마교의 무사들에게 선망과 존경의 대상이었기 때문이었다.

"끄으, 크흑······!"

그런 우상과도 같은 존재가 처참한 몰골로 나타나 고통에 찬 신음을 흘리고 있었으니.

'신무삼성의 무위가 부교주와 필적할지도 모른다는 소문이 정녕 사실이었단 말인가?'

'세 사람 중 가장 약체라는 소신의가 상처 하나 없이 우신장을 제압할 정도라면, 도대체 나머지 두 명은······.'

마교의 무사들은 여유가 넘치는 소신의를 바라보며 경계심을 더욱 증폭시키고 있었다.

하지만 그 와중에 천진중은 주태명도 소신의도 아닌 천서린을 바라보고 있었다.

침착히 평정심을 유지하며 그는 마기가 담긴 시선으로 천서린의 얼굴을 집중하여 보았다.

'인피면구를 사용한 흔적은 없다. 분명히 수하에게 전해받은 용모파기와 똑같고. 가짜는 아닌 것 같은데······.'

천진중이 실제로 천서린을 본 것은 지금이 처음이었다.

그동안은 천마가 사력을 다해 정체를 숨겨 두었던 데다가,

존재를 확인한 순간 주태명과 함께 마교를 빠져나갔기 때문이었다.

그러던 그때, 주태명의 눈에 이채가 떠올랐다.

'한데 상태가 무언가 이상한데…….'

천서린의 초점 없이 흐리멍덩한 눈빛은 결코 정상적인 상태가 아니라는 것을 말해 주고 있었다.

한눈에 보아도 술법에 의해 정신 제압이 이루어진 상태였다.

거기까지 파악한 주태명은 슬며시 고개를 돌려 소신의를 바라보았다.

그는 의미를 알 수 없는 미소를 짓고 있을 뿐이었다.

'한데 도대체 이놈이 왜?'

당최 머릿속의 의문이 사라지지 않았다.

하지만 그것도 잠시, 이내 정신을 차린 천진중은 행동을 개시했다.

-우신장과 수하의 상태를 확인하라.

-존명!

-존명!

웅혼한 마기가 담긴 천진중의 전음이 떨어지자, 뒤편에서 두 사람이 한 줄기의 선풍처럼 몸을 날렸다.

독심마불과 그가 수장으로 있는 귀술대(鬼術隊)의 부대주였다.

귀술대는 마교에 전승되는 수많은 진법과 술법을 담당하는 곳이었다.

하나 유신운은 천서린에게 다가가 맥을 짚는 부대주를 티나지 않게 지켜보았다.

'역시 내 짐작이 맞았군.'

그러고는 속으로 혈교와 천진중이 손을 잡았다는 예측이 사실이었음을 깨달았다.

귀술대 부대주의 전신에서 오염된 마나가 진동을 하고 있었기 때문이었다.

그러나 마교의 무사들은 천서린에게 시선을 보내고 있지 않았다.

그들은 천서린의 진정한 정체를 모른 채 그녀를 한낱 우신장의 호위 무사 정도로 알고 있었기 때문이었다.

"이건……!"

그 순간, 독심마불의 경악한 목소리가 울려 퍼졌다.

너무 놀란 나머지 독심마불이 차마 말을 꺼내고 있지 못하자, 지켜보고 있던 사맥주와 장로들이 나섰다.

"무슨 일이오, 총군사."

"우신장께선 괜찮으신 겁니까?"

하나 독심마불은 그들은 쳐다보지도 않고 천진중을 바라보았다.

그러고는 나직한 목소리로 충격적인 말을 꺼냈다.

"……교주님, 우신장의 단전이 완전히 파괴된 상태입니다. 내공이 모두 소실되었습니다."

"……!"

"무, 무슨?"

독심마불의 말에 사맥주와 장로들의 눈이 파르르 떨렸다.

파괴된 단전은 회복이 불가능하다.

그 말인즉 주태명은 소신의에 의해 무인으로서의 수명이 다했다는 것과 마찬가지였다.

그들의 마음 한편에는 초주검이 된 모습마저도 소신의가 자신들을 속이려는 수작이 아닐까 하는 의심이 자리 잡고 있었다.

하지만 주태명의 단전이 파괴된 것을 보자 정말로 두 사람 간에 목숨을 건 생사결이 벌어졌다고 결론을 내릴 수밖에 없었다.

순간, 모두의 시선이 자신에게 쏠리자 소신의가 한숨을 푹 내쉬며 뇌까렸다.

"후우, 저도 이렇게까지 하고 싶지는 않았지만……. 저항이 심하다 보니 저 또한 살아남기 위해 부득이하게 단전을 파괴할 수밖에 없었습니다."

"……."

소신의의 말에 어느 누구도 대답하지 못했다.

주변에는 싸늘한 침묵만이 감돌고 있었다.

그때, 천서린을 살피던 귀술대의 부대주가 천진중에게 전음을 보냈다.

─……정신이 완전히 제압된 상태입니다. 술법의 해제는 저로선 불가할 것 같습니다.

천진중의 미간이 찌푸려졌다.

그는 살기 어린 눈빛으로 부대주를 힐끗 보고는 혀를 찼다.

'쓸모없는 놈.'

귀술대의 부대주는 혈교에서 동맹을 맺은 그에게 도움이 될 것이라 말하며 보낸 존재였다.

부대주는 분명히 마교의 술법사들 보다 한참 앞선 실력을 지니고 있었다.

하지만 천진중은 알고 있었다.

이놈은 자신이 배신을 할지 감시하기 위한 세작이라는 것을.

천진중은 부대주에게서 시선을 돌려 소신의를 바라보았다.

그러고는 나직한 목소리로 말을 꺼냈다.

"……네놈은 분명 우신장과 손을 잡고 있었다. 한데 왜 이런 선택을 한 거지?"

두 사람의 눈빛이 허공에서 교차했다.

'역시 심계가 깊군. 아직 넘어오지 않았어.'

그에 유신운은 천진중을 인정하곤 더욱 집중하며 연기를 이어 나가기 시작하였다.

"저는 그들과 동맹을 맺은 것이 아닙니다. 전 마교와 동맹을 맺으려 했을 뿐입니다."

"마교와 동맹을 맺으려 했다?"

천진중의 말에 유신운은 잠시 말을 아꼈다가 대답을 이어 나갔다.

"예, 그들의 뒷배가 사라진 이상 그들과 더 협력할 필요는 없지 않겠습니까."

유신운의 말에 천진중이 움찔했다.

그가 '뒷배'라는 말로 천마의 죽음을 알고 있다는 것을 넌지시 전달했기 때문이었다.

그렇게 천진중이 침음을 흘리자 지켜보던 사맥주 중 하나가 커다랗게 소리쳤다.

"저자의 간악한 말에 현혹되시면 안 됩니다, 교주님! 저자는 우신장뿐 아니라 견 가주까지 죽인 놈입니다!"

"아닙니다. 견 가주를 해한 것은 제가 아니라 우신장입니다. 힘을 합쳐 우신장에게 대항하였는데, 제 실력이 미천하여 막는 데에만 급급하여 가주를 지키지 못했습니다."

천진중은 소신의의 말이 거짓임을 단박에 눈치챘다.

하지만 굳이 반박을 하지 않고 침묵을 지켰다.

'……그렇다면 이놈은 정말로 나와 손잡기 위해 온 것인가?'

무언가 돌아가는 상황이 점점 흥미로웠기 때문이었다.

한데 그때였다.

－교주님, 행여 이들의 신변만 건네주는 것으로 생각지 말아 주십시오.

갑자기 천진중의 귓전으로 소신의의 전음이 울려 퍼졌다.

겉으로 소신의는 사맥주와 아직도 설전을 벌이고 있었다.

천진중은 눈을 가느다랗게 뜨며 전음을 보냈다.

－그게 무슨 말이지?

－전 교주님이 진정으로 원하는 것을 드릴 수 있습니다.

'……진정으로 원하는 것?'

소신의의 말에 천진중은 의아할 따름이었다. 놈이 무슨 의중인지 짐작하기 어려웠기 때문이었다.

－구천겁혼(九天劫魂)의 힘으로 천마독존(天魔獨尊)하니…….

그 순간, 소신의가 마치 노래를 부르듯 알 수 없는 문장을 낭송하기 시작했다.

'……!'

의아해하며 듣고 있던 그는 어느 순간 문장의 정체를 알아차리고는 경악한 눈으로 소신의를 바라보았다.

－……네놈이 이걸 어떻게?

천진중은 처음으로 부동심이 완전히 깨져 있었다.

그 반응을 보며 유신운은 자신의 첫 번째 미끼가 완벽히 효과를 발휘했음을 깨달았다.

속으로 쾌재를 부르며 유신운이 전음을 이어 갔다.

－후, 역시 알아보시는군요. 아직 1장까지밖에 얻지 못했지만, 확실한 '천마신공(天魔神功)'의 구결입니다.

그랬다.

천진중이 놀란 것은 유신운이 읊조리던 문장이 다름 아닌 자신이 애타게 찾고 있던 천마신공의 구결이었기 때문이었다.

─저에겐 정신을 제압한 자의 기억을 빼내는 힘이 있습니다. 저와 손잡는다면 천마신공을 당신께 드리겠습니다.

'……!'

유신운의 말에 천진중의 눈이 지진이라도 난 듯이 흔들렸다.

힘겹게 평정심을 되찾아 보려 하지만 어쩔 수 없었다.

그가 선대 천마에게서 평생을 빼앗고자 했던 힘. 그것이 바로 천마신공이었기 때문이었다.

상대의 함정임이 분명함에도 유혹의 과실이 너무나도 컸다.

그러던 그때, 소신의의 뱀 같은 목소리가 다시 한번 들려왔다.

─고민하시는 이유를 압니다. 혈교와의 관계 때문이겠지요. 하지만 교주, 어차피 그들의 목적은 무림일통(武林一統)입니다.

'……!'

─저희를 친 후에는 그들의 검은 반드시 마교를 향할 겁니다. 어차피 추후 적이 될 상대, 받을 것도 다 받았는데 굳이 의리를 지킬 필요가 있겠습니까?

천진중은 그저 듣고 있을 뿐 아무런 대답이 없었다.

'거의 다 왔군.'

하지만 유신운은 놈의 눈빛에서 거대한 탐욕의 빛을 읽곤 속으로 몰래 차가운 비소를 짓고 있었다.

─놈들이 선대 천마의 죽음에 관련한 비밀을 폭로한다고 할지라도 어차피 장례식이 끝나고 나면 어떤 흔적도 남지 않습니다. 게다가 작은 저항 따위는 힘으로 짓밟아 버리면 그만이고 말입니다.

유신운의 말이 이어질수록 천진중은 머릿속의 결론이 한쪽으로 쏠리고 있었다.

그때 유신운이 두 번째 미끼를 던졌다.

─게다가 저에겐 아직 선물이 한 가지가 더 남아 있습니다.

전음을 마친 유신운은 품속에서 무언가를 꺼내어 천진중에게 던졌다.

주홍빛의 신묘한 빛을 뿜어내는 구슬 하나가 포물선을 그리며 날아갔다.

"놈!"

"무슨 짓이냐!"

마교의 수하들이 소신의의 급작스러운 행동에 검으로 구슬을 쳐 내려 했지만.

처척.

천진중이 허공섭물을 발휘해 구슬을 자신의 손으로 가져왔다.

스아아!

무림세가
전생랭커

좌아아!

그 순간, 구슬이 영롱한 빛을 내뿜기 시작하였다.

모두가 당혹스러워 했지만.

'이 기운은?'

천진중은 구슬에서 자신의 전신에 스며들고 있는 미지의 기운에 감탄하고 있었다.

단 한 번도 느껴보지 못한 미지의 기운은 마기와 어떠한 충돌도 없이 전신세맥에 자연스럽게 깃들기 시작했다.

그리고 동시에 천진중은 이 힘이 무엇을 위한 것인지 자연스럽게 깨닫게 되었다.

－크끄그그.

소신의의 뒤편에 조용히 자리하던 골룡이 소름끼치는 울음을 터뜨렸다.

골룡의 텅 빈 동공에서 타오르던 푸른 불꽃이 피처럼 붉게 변해가기 시작하였다.

"움직여라."

콰가가!

쐐애액!

그때, 울려 퍼진 천진중의 명령과 함께 본 드래곤이 거체를 움직였다.

콰득!

"무, 무슨? 끄아악!"

순식간에 귀술대의 부대주가 본 드래곤에게 붙잡혔다.

콰드득!

꽈득!

"교, 교주! 이, 이게 무⋯⋯?"

움켜오는 힘이 자신이 버틸 수 있는 한계를 넘어서기 시작하자, 부대주가 하얗게 질린 얼굴로 발버둥을 쳐 댔다.

하지만 천진중은 놈의 애원에도 힘을 풀 생각이 전혀 없어 보였다.

그리고 다음 순간.

콰드득!

파스스!

온몸의 뼈가 으스러지는 끔찍한 소음과 함께 주변에 혈우가 흩뿌려졌다.

누구도 예상치 못한 충격적인 상황 속에서 천진중이 소신의를 향해 말을 꺼냈다.

"이것으로 동맹의 혈주(血酒)를 대신하도록 하지."

"핏빛 비를 즐기는 악취미는 없지만 새로운 관계의 증표로는 괜찮군요."

그러자 유신운 또한 답했다.

하지만 서로를 향해 미소를 짓고 있는 두 사람은.

'마룡과 천마신공만 있다면 혈교와 백운세가 어느 곳도 날 막을 순 없다.'

'쯧쯧, 멍청한 놈. 네놈이 본 드래곤을 다룰 수 있을 것 같으냐? 마음껏 즐겨 놔라. 네놈의 심장에 뿌린 독이 온몸으로 퍼져 나가도록.'

동시에 전혀 다른 내심을 품고 있었다.

본단의 습격이라는 믿을 수 없는 사건에 맹렬히 타오르던 마교의 공기는 어느새 얼음장처럼 차갑게 가라앉아 버렸다.

천마신궁에 황제의 만한전석에 비견되는 화려한 만찬이 차려져 있었고, 독심마불과 좌신장을 포함한 간부들이 모두 자리하고 있었다.

하지만 마교의 인물들은 그 누구도 감히 수저를 들지 못했다.

교주의 좌에 앉은 천진중이 한술도 뜨지 않고 있었기 때문이었다.

수하들은 그저 어이없음과 경멸이 담긴 눈빛으로 한 사람을 바라보고 있을 뿐이었다.

우걱우걱.

유일하게 소신의만이 걸신들린 사람인 양 눈앞의 음식들을 목구멍 속으로 쑤셔 넣고 있었다.

음식을 집는 손이 어찌나 빠른지 잔상이 남을 정도였다.

한참을 지켜보던 독심마불이 도저히 식사가 끝날 기미가 보이지를 않자 깊은 한숨을 내쉬며 말을 꺼냈다.

"……소신의께서 많이 시장하셨나 보군요."

그러자 퍼뜩 정신이 돌아온 듯 주변을 바라본 소신의가 민망한 듯 뒷머리를 긁적이며 대답했다.

"하, 하하…… 죄송합니다. 제가 사막을 넘어오는 며칠 동안 제대로 된 식사를 하지 못해서 그만. 이거 교주께 큰 결례를 범했군요."

아쉬운지 쩝, 하며 연신 입맛을 다시는 소신의를 상석의 천진중이 게슴츠레하게 뜬 눈으로 노려보고 있었다.

동맹을 맺기로 결정했지만 천진중은 아직 소신의에 대한 의심은 거두지 않고 있었다.

'……저런 모자라 보이는 모습도 분명히 방심을 유도한 노림수겠지. 네놈이 어찌어찌 담천군은 속였을지 몰라도 나까지 속이지는 못할 것이다.'

천진중은 당장이라도 상대의 목을 꺾어 버리고 싶은 살심을 겨우 참아 내며 나직이 말했다.

"……괜찮소. 연이은 전투를 치렀으니 몸이 상할 만도 하지."

"후우, 맞습니다. 악룡을 다루는 것이 여간 공력을 잡아먹는 것이 아닌지라……."

소신의의 입에서 악룡이라는 말이 나오자, 마교의 마인들의 눈동자가 동시에 흔들렸다.

악룡이란 말만 들어도 다시금 등골이 서늘해지고 두려움이 차올랐다.

그들은 아직도 믿기지 않았다.

생전 처음 보는 지독한 사기(死氣)를 내뿜던 괴물의 모습이.

그리고 그 악룡이 결국 자신들의 주인인 천진중의 손에 넘어왔다는 사실이.

그렇게 수많은 이들의 머릿속이 복잡해지는 찰나.

'흠, 이 정도로는 경계를 풀지 않는 건가? 역시 가볍게 볼 상대는 아니군.'

유신운은 겉으로 내비치는 표정은 우둔함을 유지하면서 침착하게 천진중을 파악하고 있었다.

수하들이 죽어 나가는 상황에서도, 일부러 방심을 유도하는 지금도 일말의 감정의 변화도 보이지 않는 상대는 전형적인 살인귀의 모습이었다.

'뭐, 하지만 그래 보아야 거기까지지.'

차오르는 비소(誹笑)를 애써 참아 내며 유신운은 입을 열었다.

"한데 교주님께서는 공력의 소모에도 아무렇지 않으신 걸 보니 놀랍군요. 저는 악룡을 처음 다룬 날에 제대로 몸을 가누지도 못했습니다. 허허, 정말 주인이 따로 있는가 봅니다."

유신운의 말에 자리한 마교의 무인들이 놀라움이 가득한 눈빛으로 천진중을 바라보았다.

순간 수하들의 이목이 쏠리자 천진중은 살짝 뜨끔하는 면이 있었다.

소신의에게 악룡을 건네받은 후, 천진중은 연회를 위해 악룡을 본단 근천의 동혈에 옮겨 놓은 상태였다.

'확실히 잠에 빠지게 했음에도 지속적으로 막대한 내공이 빨려 나가는 것이 거슬리기는 한데……'

그러나 옮겨 놓았다고 해서 기운의 소모는 끝나지 않았다.

처음에는 티도 나지 않을 만큼 소량이었지만 점점 양이 늘어 가고 있었던 것이다.

물론 이 모든 것은 유신운의 계책이었다.

'아이고, 표정 관리하는 것 봐라. 타들어 가는 마음이 다 보인다, 보여.'

그는 일부러 본 드래곤의 소환을 해제하는 방법을 알려 주지 않았다.

그렇게 한 이유는 간단했다.

[플레이어에게 내기의 전도가 성공적으로 이루어졌습니다.]

[플레이어가 상대로부터 내기, '흑암대천마공(黑暗大天魔功)' 3년치를 획득하였습니다.]

'서서히 출력을 높여서 사흘 후에는 아주 목내이 신세가 될 때까지 내기를 뽑아먹어 주마.'

그랬다.

천진중의 몸에서 빠져나가고 있는 내기는 본 드래곤의 유지에 쓰이는 게 아닌 유신운의 몸속에 고스란히 축적되고 있었던 것이다.

의심이 많은 녀석을 잡아먹기 위해 유신운은 조금씩 흡수하는 양을 높여 가고 있었다.

천진중 본신의 내공량이 마교에서 최고라 한들, 유신운과 비교하면 코웃음이 나올 만큼 적었다.

결말은 이미 나온 상태였으나, 악룡의 힘을 목격한 녀석은 온갖 마교의 영약을 먹어 치워서라도 절대 포기하지 않을 터였다.

'……흠, 저놈에게 이런 사실을 알려 줄 필요 따위는 없지.'

천진중은 흔들리는 내심을 숨기며 위엄 있는 목소리로 말했다.

"신교를 지배하는 천마가 한낱 요괴 따위를 다루지 못할리 없지 않겠나."

"오오, 정말 대단하십니다."

유신운은 그런 놈의 모습에 헛웃음이 튀어나올 뻔했지만, 꾹 참으며 칭찬 세례를 이어 갔다.

그러면서 좌중의 분위기가 자연스레 풀어지고 있던 그때, 유신운이 슬며시 말을 꺼냈다.

"아, 그건 그렇고……. 교주께 청할 것이 있습니다."

"그래, 말해 보게."

뜬금없는 유신운의 말에 모두의 시선이 집중되었다.

모두 올 것이 왔다 생각하였다.

악룡을 내주었으니 이제 상대가 보상으로 받아 갈 것을 말할 차례였던 것이다.

천마신교의 기둥을 뽑을 만큼의 금전을 원할 것인가.

호교신장이 지닌 무공에 버금가는 마공을 원할 것인가.

그에 잠시 뜸을 들이던 유신운이 말을 이어 갔다.

"장례식이 치러지기 전까지 저를 우신장의 여종이 있는 곳에 머물게 주십시오."

"……?"

"……그게 무슨?"

하나 소신의의 요구는 금전도, 무공도, 권세도 아니었다.

모두가 황당한 표정이었다.

한데 그럴 만도 했다.

우신장의 여종, 즉 천서린이 머물고 있는 곳은 다름 아닌 천마신교의 흉적들이 감금되는 혈마뢰옥(血魔牢獄)이었기 때문이었다.

혈마뢰옥은 지하로 뻗은 깊은 동혈에 만년한철로 이루어진 두터운 철벽으로 입구를 막아 버린, 한점의 빛도 들지 않는 흡사 연옥의 무저갱(無底坑)이었다.

소신의는 제 입으로 그런 지옥에 스스로 가두어 달라 한 것이나 마찬가지였다.

보상이 아니라 감금을 당하겠다니.

모두가 고개를 갸우뚱했지만 곧이어 소신의의 얼굴을 확
인한 그들은 상대의 목적을 쉽게 깨달을 수 있었다.

　"흐흐, 아직 그년을 제대로 맛보지 못해서 말입니다."

　소신의의 얼굴에는 어느새 흉측한 음심(淫心)이 가득 차올
라 있었다.

　'클클, 역시 정파의 위선자 놈들이 다 그렇지.'

　'소신의 저놈도 색마(色魔)였나?'

　'쯧, 한심하기 짝이 없는 놈.'

　마교에서도 색마는 가장 최하위의 저급한 취급을 받고 있
었다.

　마인들은 이제 완전히 경계심이 사라져 있었다.

　ㅡ……갑자기 뇌옥에 가두어 달라니 무슨 짓이지?

　오로지 천진중만이 평정심을 유지하며 유신운에게 전음을
은밀히 보내고 있었다.

　ㅡ일전에 말씀드렸다시피 아직 천마신공을 완벽히 얻어 낸 것이 아닙
니다. 대법을 사용하기 위해선 철저히 외부와 단절되어야 합니다. 대법
중에 방해가 이루어지면 저의 목숨도 위태롭기 때문이지요. 그런 면에서
볼 때 그년이 갇힌 혈마뢰옥은 최적의 공간입니다.

　유신운의 전음을 들은 천진중은 침음을 삼켰다.

　'……무려 상대의 기억을 헤집어 무공을 빼앗는 대법이다.
이런 강력한 사술이 술자의 위험성을 내포하지 않는다면 이
상한 것이겠지.'

상대의 의중을 깨달은 천진중은 가장 중요한 부분을 물었다.

─그렇다면 천마신공은 어떻게 전해 줄 생각이지?

─매일 축시초(丑時初)마다 뇌옥의 입구에 계십시오. 전음으로 신공의 구결을 전해 드리겠습니다.

유신운의 말에 천진중의 두 눈동자에 선명한 탐욕의 빛이 깃들었다.

그 모습을 확인한 유신운이 속으로 쾌재를 불렀다.

'자, 제대로 흔들린 듯하니 이제 완벽히 뜯어내 볼까.'

유신운은 고개를 숙이며 먹이를 노리는 이리의 눈빛을 숨겼다.

─알겠다. 그리하지. 대법에 필요한 것은 없나?

─후, 안 그래도 필요한 것이 정말 많습니다.

유신운은 천진중이 말을 꺼내자마자 기다렸다는 듯 바로 말을 꺼냈다.

─그래, 무엇이 필요…….

─일단 최상급의 영약과 내단이 최대한 많이 필요합니다. 흠, 천마신단을 내주실 수 있으면 가장 좋을 것 같군요.

유신운의 말에 천진중의 표정이 와락 구겨졌다.

천마신단은 이름 지어진 그대로, 오로지 천마만이 복용할 수 있는 신단이었는데.

안정성이 조금 떨어지지만, 효력만 보자면 소림의 대환단보다도 높게 취급되는 물건이었기 때문이었다.

그런 물건을 마치 맡겨 놓은 것처럼 내놓으라는 소신의의 말이 그의 속을 어지럽게 만들고 있었다.

게다가 악룡이 계속 기운을 흡수해 가는 터라 최상급 영약이 필요한 그에게는 최악의 요구가 아닐 수 없었다.

그러나 천마신공을 얻기 위해선 요구를 들어줄 수밖에 없었기에.

'젠장!'

천진중은 짜증이 치밀어 올라 저도 모르게 욕지기를 내뱉었다.

하지만 안타깝게도 유신운은 아직 놈에게서 빼앗을 것이 남아 있었다.

─아, 그리고 마지막으로 천마신공의 기운이 깃든 물건이 있다면 대법의 성공률이 대폭 상승할 겁니다.

─……!

소신의의 말에 천진중의 눈빛이 처음으로 지진이라도 난 것처럼 흔들렸다.

그의 마음이 동요되고 있었다.

하나 어쩔 수 없었다.

놈이 이야기를 꺼낸 천마신공의 기운이 깃든 물건.

그런 것이라면 세상에 단 하나밖에는 존재하지 않기 때문이었다.

'……흑천마검.'

천마를, 아니 마교를 상징하는 신검. 흑천마검뿐이었다.

'설마 저놈이 신검을 빼돌리려는 계획인 것은…….'

의심이 가득한 눈초리로 천진중은 소신의를 노려보았다.

하지만 유신운은 아무것도 모르는 것처럼 사람 좋아 보이는 미소를 짓고 있을 뿐이었다.

혼란한 머릿속에서 천진중은 빠르게 생각을 정리하였다.

'……그래, 어차피 놈은 빠져나올 수 없는 뇌옥에 스스로 갇힐 몸, 신검을 얻는다 해도 빼돌릴 방법조차 없다.'

그의 결론은 영약과 신검 모두 내주자는 것이었다.

'천마신공을 얻기 위한 불가피한 방법일 뿐.'

천마신공을 향한 천진중의 욕망이 모든 의심을 덮어 버리고 있었다.

"……알겠다. 반시진 안에 모든 것을 준비해 진행토록 하겠다."

"감사합니다!"

유신운이 포권을 하며 예를 갖추었다.

그러곤 다시 손을 뻗어 마파람에 게 눈 감추듯 음식을 먹어치우기 시작했다.

천진중이 싸늘히 식은 눈빛으로 소신의를 바라보다가, 이내 고개를 돌려 독심마불과 눈을 맞췄다.

―놈이 원하는 것은 모두 허락해 주어라.

무림세가
전생림커

—······모든 것을 말입니까?

유신운과 천진중이 나눈 대화를 모르기에 독심마불은 흠 칫 놀랐지만, 이어진 천진중의 말에 마음을 놓았다.

—그래, 죽기 전에 즐길 마지막 호사를 성대히 치러 주도록.

—존명!

그와 함께 천진중의 전신에서 마기가 은은히 피어오르고 있었다.

'장례식까지 남은 시간은 삼 일. 천마신공과 악룡이 있다 면 나는 선대 천마 중 누구도 이룩하지 못한 무림일통을 거 행할 수 있다.'

그렇게 폭풍 같은 사흘이 시작되려 하고 있었다.

2장

한 줌의 빛도 없이 오로지 어둠만이 내려앉은 곳.

가만히 있어도 극도의 불쾌함을 주는 축축한 습기와 끓어오르는 듯한 열기가 공존하고 있다.

끄으으.

으아아.

혈마뢰옥이란 무저갱 속에 갇힌 이들의 고통에 찬 신음이 주변에 울려 퍼지고 있었다.

그리고 그중 가장 깊은 곳, 주변으로부터 완전히 고립된 최악의 뇌옥.

"후우, 후."

그곳에 피와 상처로 끔찍한 몰골이 된 천서린이 사지가 쇠사슬에 묶인 채 감금되어 있었다.

총명했던 그녀의 두 눈동자가 탁해질 대로 탁해져 있었다.

'……아파. 너무 아파.'

갇히기 전 모진 고문을 받은 그대로 혈마뢰옥에 갇혔기 때문이었다.

조금만 정신을 놓으면 바로 죽음을 맞이할 정도로 쇠약해진 그녀는 위태로운 정신을 겨우겨우 부여잡고 있었다.

'……갇힌 지 얼마나 지난 거지?'

혈마뢰옥의 끔찍한 환경은 느끼는 시간의 흐름마저 무뎌지게 만들고 있었다.

갇히고 나서 얼마간의 시간이 흐른지조차 가늠이 되지 않는 상황이 되자, 천서린의 머릿속에 수많은 망념이 떠오르기 시작했다.

'……벌써 장례식이 끝난 것일까.'

천마의 육신이 불에 타오르고 생환의 가능성이 전혀 사라지는 끔찍한 상황이 그려졌다.

'그에게 속은 것인가?'

힘들겠지만 조금만 버티라고.

반드시 구하러 오겠노라고 했던 소신의의 모습이 희미해져 가고 있었다.

'……아저씨.'

흐릿해지는 그녀의 시야 속으로 마교로 떠나기 전 결단을 수행하는 주태명의 모습이 신기루처럼 떠오르고 있었다.

　-교주님을 구할 수 있다면 저는 모든 것을 바칠 수 있습니다.
　-교주의 자리까지 오르는 순간까지 함께하고 싶었지만…… 아무래도 힘들 것 같군요.
　-부디 교주의 자리에 오르십시오, 소교주.

　막으려고 할 새도 없이 조금의 망설임도 없이 스스로 단전을 폐하던 주태명의 충격적인 모습이 그려졌다.
　'내가 구해야 해…….'
　점차 생명의 불빛이 어두워지는 찰나.
　그녀는 아른거리는 주태명의 환상을 향해 손을 뻗었다.
　잘그랑거리는 쇠사슬 소리가 음험하게 울려 퍼졌다.
　한데 그때였다.
　덥석.
　누군가 허공을 맴돌던 그녀의 손을 붙잡았다.
　'누구……?'
　스아아!
　촤아아!
　맞잡은 손에서 따스하고 아늑한 미지의 기운이 그녀의 전신에 퍼져 나가기 시작했다.

그 어떤 기운도 받아들이지 않는 고고한 천마신기가 놀랍게도 상대의 기운과 융화되고 있었다.

그러자 끔찍했던 고통이 빠르게 사라져가며 어둑했던 시야가 조금씩 회복되었다.

천서린의 손을 잡고 있는 상대는.

"미안하다. 많이 늦었다."

'아아.'

소신의, 유신운이었다.

슬픔과 고통만이 남았던 그녀의 가슴에 다시금 희망이란 자그마한 불꽃이 타오르기 시작했다.

"오셨……군……요, 크윽!"

"말을 아껴라. 아직 완전히 회복된 것이 아니다."

목소리를 냄과 동시에 고통으로 몸을 비트는 천서린을 진정시키며 유신운이 붙잡은 손을 놓고 더욱 가까이 다가섰다.

숨과 숨이 맞닿을 정도로 접근한 유신운에 천서린의 눈빛이 지진이라도 난 듯이 흔들렸다.

하지만 유신운은 그런 그녀의 동요는 전혀 알아차리지 못한 채 신중히 진맥에 집중하였다.

'흠, 다행히 단전과 근맥의 손상은 없군. 천마신공을 빼내야 하니 최대한의 고통만 주는 방향으로 고문을 한 모양이야.'

마교에 고문을 당할 바에야 스스로 목숨을 끊는 것이 낫다는 말이 있을 정도로 그들의 잔인함은 흉명이 자자했다.

유신운은 그런 마교의 고문을 끝까지 버틴 그녀의 정신력에 진심으로 감탄했다.

"미안하다. 바로 오고 싶었지만 필히 먼저 들를 곳이 있었다."

유신운은 신음을 흘리는 그녀에게 조화신기를 연이어 쏟아 내며 말했다.

그가 품속에서 단약을 꺼냈다.

천진중에게서 받은 천마신단 두 알 중 하나였다.

대법에 필요하다는 말은 당연히 거짓이었다.

유신운은 먹기 좋게 단약을 잘게 부수어 천서린의 입속에 넣어 주었다.

후아아아!

스아아!

대환단에 비견되는 절세의 신단이 몸에 들어오자 천서린의 내기가 파도처럼 거칠게 맥동했다.

천마신단의 기운은 폭급하고 격렬하기 이를 데 없었다.

유신운은 미리 천서린의 몸에 흘려 넣은 조화신기로 그런 천마신단의 기운을 감싸 냈다.

"내기의 흐름을 도와줄 터이니 천천히 천마신공을 운기해라."

천서린은 대답 없이 유신운의 말을 그대로 따랐다.

스아아.

조화신기에 의해 가라앉은 천마신기는 잔잔히 시냇물이 흐르듯 그녀의 전신의 혈맥을 타고 흘러 나갔다.

천마신기가 지나치는 혈(穴)들을 하나하나 지켜보는 유신운의 두 눈에 이채가 떠올랐다.

'역시 그랬나.'

너무나도 익숙한 기의 흐름이었다.

유신운의 머릿속에 한 가지 기억이 스쳐 지나갔다.

벽력신공, 즉 뇌운신기를 처음 가르쳐 주던 유일랑의 모습이었다.

'영감님, 역시 천마와 연관이 있었군요.'

그랬다.

천마신공은 뇌운신기의 기의 운용과 9할 이상이 흡사하였다.

쩌적, 투두둑!

그러던 그때, 알 수 없는 소음이 울려 퍼졌다.

그것은 분명히 무언가가 벗겨지는 소리였다.

유신운이 놀라 천서린을 다시금 살펴보자, 그녀의 살이 껍질처럼 쪼개지고 있었다.

이런 상황은 단 한가지 밖에 존재하지 않았다.

'환골탈태(換骨奪胎)?'

천마신단과 조화신기의 영향으로 천서린이 최상의 기연을 받은 것이었다.

무림세가
전생랭커

[플레이어가 두 번째, '환골탈태'를 성공하였습니다.]

[천서린의 무골이 '구음절맥 완치(完治)'에서 구음신맥(九陰神脈)으로 변화하였습니다.]

[플레이어의 경지가 '의선(醫仙)'에 더욱 가까워졌습니다.]

치이이⋯⋯.

지독한 악취와 함께 그녀의 전신에서 그동안 체내에 쌓여 있던 노폐물과 악기(惡氣)가 검은 진물처럼 흘러나왔다.

끔찍한 절맥인 구음절맥을 앓고 있었던 탓일까.

'어, 어어?'

독기를 품은 진물이 묻은 그녀의 옷가지가 연기를 내며 녹아내리기 시작했다.

예상치 않은 상황에 유신운의 표정에 처음으로 당황의 빛이 떠올랐다.

쐐애액! 쨍겅!

일단 유신운은 수도(手刀)로 그녀의 사지를 봉하고 있던 쇠사슬들을 모두 잘라 내었다.

"흐읍!"

그녀의 몸이 허물어지듯 앞으로 무너지자 황급히 안아 든 유신운은 시선은 시종일관 위를 바라보며 바닥에 안전히 내려놓았다.

유신운은 급하게 자신의 겉옷을 벗어 나신이 된 그녀의 몸을 감싸 주었다.

　순간 완벽히 환골탈태를 끝낸 천서린이 두 눈을 떴다.

　그녀의 혈색은 완전히 정상의 것으로 바뀌어 있었다.

　그리고 절세의 무골인 구음신맥으로 진화하며 그녀의 몸에 남았던 상처들이 흔적도 없이 사라진 상태였다.

　어색한 침묵이 흐르던 그때, 유신운이 슬며시 말을 꺼냈다.

　"……."

　"……그, 걱정하지 마라. 어, 어두워서 하나도 안 보였다."

　물론 거짓말이었다.

　유신운의 경지는 이제 칠흑 같은 어둠도 대낮처럼 밝게 비치는 데에까지 이르러 있었으니까.

　"……감사합니다, 대인."

　"미안하다. 절대 의도한 것은 아니…… 으응?"

　하지만 유신운의 걱정과 달리 천서린은 조금도 신경 쓰지 않고 있었다.

　그녀 스스로가 자신의 무골이 이전과는 상상할 수도 없이 진화했다는 것을 느끼고 있었다.

　유신운을 바라보는 천서린의 두 눈에는 오로지 지극한 감사함만이 깃들어 있었다.

　헛기침을 두어 번 한 후, 유신운은 작금의 상황을 설명해 주었다.

사흘간 훔쳐 낸 천마신공의 구결을 전음으로 천진중에게 알려 주기로 했다는 것이었다.

"이후의 구결은 가짜를 뒤섞어 건네주는 것은 어떨까요?"

어찌 되었건 천진중에게 천마신공을 건네준다는 것이 걱정이 된 천서린이 말을 꺼냈다.

하나 유신운은 단호히 고개를 저으며 대답했다.

"불가하다. 놈도 조화경에 이른 존재이기에 가짜로 만든 구결은 금방 눈치챌 거다."

유신운의 말에 천서린의 표정에 숨길 수 없는 시름이 깃들었다.

그러자 유신운이 말을 이어 갔다.

"마지막 구결을 알려 주기 전에 홀로 마궁을 넘어 천마가 봉인된 곳을 찾을 거다. 걱정하지 말고 날 한 번 더 믿어 주길 바란다."

"알겠습니다."

자신을 믿어 달라는 유신운의 말에 천서린은 조금의 망설임도 없이 답변했다.

그녀의 얼굴에 떠올라 있던 근심의 빛이 순식간에 사라져 있었다.

어느새 유신운을 바라보는 천서린의 눈빛에는 완벽한 신뢰가 깃들어 있었다.

"자, 그럼 시작하겠습니다."

잠시간의 준비 후에 천서린이 천마신공의 구결을 하나하나 읊기 시작했다.

유신운은 눈을 감고 집중하며 그녀의 목소리를 한 글자 한 글자를 머릿속에 새겨 넣었다.

'역시 천마신공과 뇌운신기는 같은 원류를 지니고 있어. 기운의 운용과 전개가 조금씩 다를 뿐이야.'

마치 동전의 앞뒤처럼 천마신공과 뇌운신기는 맞닿아 있었다.

수많은 깨달음이 거대한 해일처럼 유신운의 머릿속에 밀려오고 있었다.

퍼펑!

펑!

폭약이 터지는 것 같은 거대한 소음이 귓전에서 울려 퍼졌다.

그런 유신운의 눈앞에 수많은 시스템 메시지들이 떠오르고 있었다.

[플레이어가 '뇌운신기(雷雲神氣)'의 동류(同流) '천마신공'을 습득하였습니다.]

[벽력신공, 뇌운신기에 새로운 깨달음을 얻었습니다.]

[새로운 깨달음을 얻어 조화신기의 완성률이 92%가 되었습니다.]

[히든 효과가 발휘됩니다.]

[차후 무공의 효과가 1.5배 증가합니다.]

[깨달음이 깊어질수록 효과가 증진될 수 있습니다.]

스아아!

촤아아아!

유신운의 머리 위에 청적흑백황(靑赤黑白黃), 즉 오방색을 상징하는 다섯 색깔의 고리가 떠올랐다.

'……말도 안 돼.'

그 모습을 지켜보던 천서린이 경악을 금치 못하며 제 입을 가렸다.

등선을 앞둔 존재가 운기를 할 때나 목격된다는 극상의 현상.

오기조원(五氣造元)을 제 눈으로 본 상황이었으니, 이렇듯 놀라는 것은 어찌 보면 당연하리라.

한 명의 무인으로서 떨리는 감정을 숨기지 못하며 천서린은 유신운을 지그시 바라보았다.

'역시 소신의 당신의 무공은 천마신공이었군요…….'

그녀는 지난 시간 동안 소신의의 무공을 직접 보며 그의 무공이 변형된 천마신공일 수 있다고 짐작하고 있었다.

하지만 그럴 리가 없다고 애써 부정하였지만, 눈앞의 현상을 보니 이제는 믿을 수밖에 없게 되었다.

단지 구결을 들은 것만으로 이런 경지에 드는 것은 누구라
도 불가능했기 때문이었다.

그런 그녀의 머릿속에 처음 자신의 아비에게 천마신공을
배우던 순간이 떠오르고 있었다.

―서린아, 천마신공이 지금의 수준으로 나아간 것은 고작
이백 년에 불과하단다.

대체 이백 년 전에 무슨 일이 있었느냐고 물은 그녀에게
천마는 알 수 없는 표정을 지으며 대답해 주었다.

―……그 이야기는 네가 천마신공의 9성에 도달하면 말해
주마.

'아버님.'

그리고 천서린은 자신의 아비가 전하려던 이야기의 처음
과 끝이 분명히 눈앞의 유신운과 연관이 있으리란 걸 본능적
으로 알아차리고 있었다.

같은 시각.

우신장, 주태명이 감금되어 있는 암혈(巖穴).

내려앉은 어둠이 도깨비불의 요사한 불빛으로 환하게 밝혀져 있었다.

—……인간, 드디어 만났구나.

도플갱어, 유신운은 자신을 추적해 온 사흉 도철과 마주하여 있었다.

❧

한 시진 전.

마교의 본단에서 멀리 떨어지지 않은 곳에 위치한 암혈 앞에 일단의 수문 무사들이 철통같은 경비를 서고 있다.

석굴 특유의 퀴퀴한 냄새 속에 진한 피 냄새가 섞여 풍기고 있었다.

"크윽! 커컥……."

그런 와중에 암혈 안에서 누군가의 고통에 찬 기침 소리와 신음이 울려 퍼졌다.

그에 부하로 보이는 수문 무사 하나가 연신 암혈의 안을 힐끗힐끗 들여다보았다.

무언가 마음을 먹은 듯 그가 암혈 안으로 들어가려 하자,

옆에 서 있던 동료 무사가 팔을 붙잡으며 말렸다.

"아서라. 부교…… 아니, 교주님이 아셨다간 네놈이 갇히
게 될 거다."

"……아니, 그래도 어찌 우신장님을 저리 죽음을 맞이하
게 둘 수 있단…….'"

"스읍! 정말 목이 달아나고 싶은 거냐!"

동료 무사의 말에 그는 깊은 한숨을 푹 내쉬고는 다시금
제자리로 돌아갔다.

바깥에서 들려오는 말소리를 들으며 암혈 안에 쓰러져 있
던 주태명은 씁쓸히 웃었다.

'그래도 내가 잘못 살아오진 않은 모양이군.'

하지만 그것도 잠시 그는 다시금 솟구치는 끔찍한 고통에
몸부림을 치기 시작했다.

호교신장이라는 가장 존경받는 직위에 있는 주태명을 혈
마뢰옥에 가둘 수는 없었다.

가뜩이나 마교인들 중 천진중에 대한 반발심을 지니고 있
는 이들이 상당한 상황.

그런데 의심스러운 죄명으로 주태명을 혈마뢰옥에 가두게
된다면 엄청난 후폭풍을 가져올 수 있기 때문이었다.

그렇기에 천진중은 주태명을 귀천암(歸天巖)이라 불리는 이
곳에 보냈다.

이름처럼 귀천암은 병들고 늙은 마교의 죄수들이 자연스

레 죽음을 맞이하는 장소였다.

주태명의 상태는 천서린과 비교할 수 없을 정도로 심각했다.

마인에게 단전이 부서진다는 것은 예정된 죽음이나 마찬가지였다.

정파의 내공심법과 달리 마공은 엄청난 부작용을 가져오기 때문이었다.

머리카락은 백발로 바뀌어 있었고 피부는 주름이 잡혔고 전신에 보랏빛으로 핏줄이 돋아 있었다.

그런 찰나 온몸을 갈기갈기 찢기는 듯하던 고통이 점차 약해지고 있었다.

주태명은 자연스럽게 자신의 죽음이 임박했음을 깨달을 수 있었다.

'부족한 수하는 먼저 가 보겠습니다, 교주님. 부디 다시금 소생하시옵소서.'

평생의 군주, 천마에게 마지막 인사를 남기던 그때였다.

뚜벅뚜벅.

암혈의 안쪽으로 들어오는 발소리가 들려왔다.

조금 전 끝까지 고민하던 수문 무사가 들어온 것이리라.

수하의 죽음을 막기 위해 주태명이 마지막 힘까지 끌어모아 말을 꺼냈다.

"……쓸데없는 짓은 하지 말거라. 쿨럭…… 너희의 목숨이 위태로워질 터이니."

하지만 그의 만류에도 발소리는 점점 그에게 가까이 다가
왔다.

상대가 뻗은 손길이 그의 어깨에 닿았다.

스아아.

좌아아.

'……이건.'

의문의 기운이 그의 전신에 물밀 듯이 스며들기 시작했다.

끔찍한 고통이 씻은 듯이 사라지는 동시에 죽어 가던 오감
이 다시금 깨어나고 있었다.

"당……신은……?"

안개가 낀 듯 흐릿한 시야 속으로 비치는 인형(人形)이 점
차 선명해지기 시작했다.

"조금만 참아라."

소신의가 그에게 기운을 쏟아 내고 있었다.

'단전이 무너진 마인은 이미 죽은 목숨이오. 날 버리고 교
주님을 구하러 가 주시오.'

주태명은 그렇게 말을 하고 싶었지만, 말을 꺼낼 기운조차
도 존재하지 않았다.

치료를 하던 유신운의 표정이 딱딱하게 굳어 있었다.

'이런 생각보다 더 심각하군.'

천진중을 속이기 위한 어쩔 수 없는 방법이었지만, 마공이

붕괴하며 생기는 치명적인 독기는 그의 예상을 벗어날 정도로 심각했다.

[환자의 상태가 회복의 범주를 벗어났습니다.]
[현재 스킬, '청낭 선의술'의 등급으로는 치료가 불가능한 대상입니다.]

조화신기를 주입하는 내내 떠오르는 시스템 메시지는 청낭 선의술로도 주태명을 회복시킬 수 없음을 알리고 있었다.
'아니야. 방법은 있을 거다.'
하지만 유신운은 결코 포기하지 않았다.
머릿속으로 무수히 많은 해결 방안을 예측하고 분석하며 가능하리라 예상되는 유일한 방법을 진행하기 시작했다.
스아아.
콰가가.
그의 쌍수(雙手)에 반투명한 내기가 휘몰아쳤다.
'일단 마공의 독기를 흡수해 낸다.'
광라흡원진공이 발휘되며 주태명의 체내에 쌓여 있던 독기를 빨아들이기 시작했다.
그르르르!
콰가가!
마공이 파괴되며 생기는 마기는 유신운조차도 미간을 찌

푸릴 정도로 지독했다.

'미쳐 날뛰는 마기는 조화신기로 소멸시킨다.'

그러나 조화신기의 힘은 그런 마기조차 고요하게 만들었다.

독기가 완전히 사라진 주태명의 표정이 조금은 온화해졌다.

여기서 끝나면 좋으련만, 아직 문제는 남아 있었다.

'단전과 선천진기가 없으니 조화신기조차 몸에 남아 있지 못하고 바깥으로 그대로 빠져나가고 있어. 이대로 두었다가는 주입해 주는 조화신기가 사라지면 결국 죽게 될 거야.'

단전이 파괴되며 살아남기 위해 선천진기를 소모하다 보니, 이미 그의 몸에 남은 기운은 전무했다.

결국 그가 주입하는 조화신기가 전생의 생명 유지 장치처럼 겨우 주태명을 살려 주고 있는 상태였다.

이미 파괴된 단전을 되살리는 것은 환골탈태를 시킨다 하더라도 불가능했다.

'그렇다면 남은 방법은 단 하나.'

눈을 빛낸 유신운이 주태명의 몸속에서 혼란스럽게 흐르고 있는 조화신기를 한곳으로 올려 보냈다.

유신운의 목적은 하나였다.

'주태명에게 마나 라이브러리를 생성한다.'

파팍!

쿠구궁!

기운들이 심장을 향하며 막혀 있던 전혀 새로운 기혈이 뚫리기 시작했다.

유신운은 뇌가 아닌 심장에 마나 라이브러리를 생성시키고 있었다.

지금처럼 몸이 쇠약해진 상황에서 그처럼 뇌에 만들려고 하다가는 못 버티고 죽을 수 있기 때문이었다.

쿠웅!

쿠궁!

이런 상황을 전혀 모르는 주태명은 그저 당혹스러울 따름이었다.

'심장에 단전이 생성되고 있다니? 이게 무슨?'

미칠 듯이 박동하는 심장 소리가 귓전에 울려 퍼짐과 동시에 단전과 흡사한 미지의 형상이 창조되고 있었으니까.

'당신은 도대체……?'

입신(入神)의 경지에 오른 듯한 소신의를 바라보며 끝없이 경탄하던 그는 정체를 알 수 없는 무언가가 자신의 내부에 마침내 완성되었음을 깨달았다.

눈을 감고 가부좌를 튼 그는 자신의 몸속에 깃든 조화신기를 심장에 차분히 쌓아 내기 시작했다.

그 모습을 바라보던 유신운의 두 눈에 자연스레 이채가 떠올랐다.

'그래도 현경에 올랐던 이라 그런지 기운의 조율을 처음부터 완벽히 하는군.'

내공심법과는 전혀 다른 새로운 기운의 흐름을 주태명은 마치 알고 있었다는 듯 자연스레 진행하고 있었다.

천마 바로 아래의 무위를 지니고 있던 천마신교 호교신장의 무재(武才)는 사라지지 않은 것이다.

백발은 아직 여전했지만 주름졌던 피부는 나이를 거꾸로 먹듯 다시금 팽팽해졌고, 회색빛이던 혈색은 정상의 것으로 돌아왔다.

스으으.

촤아아.

주태명의 몸속을 들여다보던 유신운의 눈에 심장에 선명히 생성된 세 개의 고리가 들어왔다.

'허, 단번에 3서클이라니.'

그랬다.

주태명의 몸속에 자리 잡은 유신운의 조화신기와 천부적인 무재는 3서클이란 놀라운 경지를 완성했다.

눈을 감은 주태명의 얼굴에 온화한 미소가 떠오르자, 유신운은 피식 웃어 보였다.

'참 나, 이렇게 졸지에 늙은 제자를 얻을지는 또 몰랐는데…….'

이제 주태명은 무공이 아닌 사령술을 배워야 하니, 유신운에게는 나이 든 제자가 생긴 것이었다.

'흐음, 천마신단은 천서린에게 주었고, 이 아저씨에게 줄 만한 마땅한 내단이 없네.'

유신운이 간이 아공간 속에서 이제 곧 깨어나려는 주태명에게 줄 만한 내단을 찾던 그때였다.

스아아아!

콰가가!

느닷없이 공간이 뒤틀리며 암혈이 무너질 듯이 흔들리기 시작했다.

그리고 저 멀리 창공에서 빠른 속도로 가까워져 오는 의문의 존재의 기운이 느껴졌다.

'……이 기운은?'

유신운은 상대가 누구인지 금세 알아차릴 수 있었다.

그 기운이 자신의 수하의 것과 너무나 익숙했기 때문이었다.

스아아!

화아악!

어둠이 가득했던 암혈의 내부가 대낮처럼 환하게 밝혀졌다.

수백의 도깨비불이 암혈 가득 떠올라 있었다.

그리고 그 요사한 불꽃의 한가운데에.

─……인간, 드디어 만났구나.

사흉(四凶), 도철이 거대한 진신(眞身)을 드러내고 있었다.

양 뿔이 달린 사자의 얼굴에 인간의 몸을 하고 있는 도철은 암혈의 내부가 가득 찰 정도로 거대한 크기를 지니고 있었다.

날카로운 손톱 하나하나가 벼려진 창과 같았고, 몸을 뒤덮은 털은 갑주(甲胄)처럼 단단해 보였다.

우웅!

우우웅!

유신운은 아직 정신을 차리지 못한 주태명의 주위에 방어막을 생성시킨 후, 흑마염태도를 소환했다.

도철이 빠득, 하는 이가는 소리와 함께 살의에 가득한 눈빛을 유신운에게 쏟아 내었다.

평범한 존재라면 그것만으로도 심장이 터져 죽음을 맞이할 정도의 기운이 쏟아졌지만, 유신운은 아무렇지도 않게 버텨 냈다.

-감히 인간 따위가 내 힘을 훔쳐 가다니.

도철은 여득구가 혼돈의 좌에 오르며 자신의 힘을 함께 훔쳐 간 것에 악의를 품고 유신운을 쫓아온 상태였다.

하지만 그것은 유신운이 전혀 의도한 바가 아니었다.

여득구가 도철의 혈육이기 때문에 자연스레 발생한 사건일 따름이었다.

처척!

유신운이 흑마염태도의 칼날을 곧추 세웠다.

하지만 유신운은 녀석에게 그런 구차한 변명 따위를 할 생각은 없었다.

얼음장처럼 차갑게 가라앉은 눈으로 유신운이 상대를 바라보며 말을 꺼냈다.

"뭘 그렇게 지껄이고 있어. 어차피 날 죽이러 온 거 아냐?"

따닥.

유신운이 손가락을 튕기자 주변의 환경이 신기루처럼 일렁이며 완벽히 뒤바뀌기 시작하였다.

스아아!

촤아아!

누구도 방해할 수 없는 순백(純白)의 공간이 펼쳐졌다.

주위를 살펴보던 도철의 두 눈에 놀람이 떠올랐다.

'……인간 따위가 공간진을 펼칠 수 있다고?'

하지만 그가 그러거나 말거나 유신운은 조금도 신경 쓰지 않았다.

"자, 맘껏 덤벼 보라고."

유신운은 입꼬리를 비틀면서 제 손을 까닥거릴 뿐이었다.

'잘됐군. 저놈의 내단 정도면 쓸 만하겠어.'

그는 때마침 스스로 내단을 바치러 온 상대를 보며 군침을 다시고 있었다.

-건방진 놈! 사지를 찢어 죽여 주마!

파바밧!

촤아아!

도철이 진각을 박차며 전광석화처럼 앞으로 돌진했다.

육중한 체구와 어울리지 않는 엄청난 쾌속함이었다.

크르르르!

캬오오!

도철이 쏟아 내는 포효에는 지독한 요기가 담겨 있었다.

요기에 노출된 유신운의 움직임이 자연스럽게 더뎌졌다.

'일단 가볍게 막아 볼까.'

유신운은 그렇게 생각하며 흑마염태도를 역수로 들었다.

파즈즈즈!

파즈즈!

흑마염태도의 칼날에 푸른 뇌전으로 이루어진 도환이 맹렬히 회전하기 시작했다.

순식간에 코앞까지 당도한 도철이 유신운을 향해 칼날과 같은 손톱을 휘둘렀다.

쌔애액!

크그그극!

그러자 유신운은 빠르게 보법을 사용해 몸을 뒤로 빼며 역수로 든 흑마염태도를 들어 그대로 지면을 가로로 그었다.

뇌운십이검 신운류.

혼합기.

견뢰벽 + 뢰광류하.

천뢰광벽(天雷狂壁).

흑마염태도가 자르고 지나간 지면에서 뇌전으로 이루어진
거대한 방벽이 솟구쳤다.

-크롸라아!

하지만 도철은 돌진을 멈추지 않고 요기가 폭발하고 있는
자신의 손톱을 그대로 천뢰광벽에 꽂아 넣었다.

'……!'

그러자 다음 순간.

콰드득!

콰가가강!

놀랍게도 천뢰광벽이 종잇장처럼 박살이 나 버리고 있었
다.

천뢰광벽의 파편들이 유신운에게 폭우처럼 쏟아져 내리고
있었다.

파즈즈!

유리 조각처럼 날카로운 파편들은 강렬한 뇌기를 발산했
다.

타닷!

파바밧!

시야를 뒤덮는 파편들에 유신운은 재빨리 진각을 박차며
몸을 날렸다.

그런 유신운의 움직임을 따라 잔상이 안개처럼 생겨났다
가 이내 흔적도 없이 사라졌다.

쐐애액!

푸푹!

조금 전까지 유신운이 서 있던 자리에 천뢰광벽들의 파편
이 깊숙이 박혀 있었다.

─어딜!

그 순간, 도철의 두 눈이 음험한 빛으로 일렁이기 시작했
다.

도철의 전신에서 광기에 물든 요기가 거센 파도처럼 전장
에 휘몰아쳤다.

폭사한 도철의 기운이 천뢰광벽의 파편들에 맞닿았다.

우우우웅!

우웅!

순식간에 도철의 요기와 마찬가지인 검보랏빛으로 변한
천뢰광벽의 파편이 요사한 울음을 내뿜기 시작했다.

'이건!'

유신운은 위험을 감지하고 급히 회피하려 했지만.

콰르르릉!

콰가가강!

그보다 한발 앞서 요기로 물든 천뢰광벽의 파편이 대폭발을 일으켰다.

지진이 일어난 듯한 거대한 진동과 함께 순백의 공간에 잿빛의 연기가 높이 타올랐다.

공격을 막아 낸 유신운은 그 연기 속에 몸을 숨긴 채 곧바로 반격을 쏟아 내려 했다.

'온다!'

그러나 도철은 그에 속지 않고 포효하며 곧장 연기 속으로 달려들었다.

ㅡ크르! 죽어랏!

쐐애액!

촤아악!

끔찍한 비명과 같은 파공성과 함께 도철의 날카로운 손톱이 날아들고 있었다.

놈의 손톱 위로 요기가 칼날처럼 날을 세우고 있었다.

'흑마염태도만으로는 막기 버겁다.'

유신운은 한눈에 도철의 요기가 검환을 상회하는 파괴력을 담고 있음을 깨달았다.

휘익!

흑마염태도를 역수(逆手)로 고쳐 잡은 유신운은 찰나의 순간 동안 사령술을 다중 시전했다.

스아아!

좌아아!

나무줄기가 급속히 성장하는 것처럼 수십의 본 아머들이 흑마염태도를 쥔 유신운의 팔을 겹겹이 휘감기 시작했다.

그 모습을 본 도철의 눈에 의아함이 떠올랐다.

'……골갑(骨甲)?'

상대의 힘은 인간의 것보다는 자신들의 것에 더 가까웠기 때문이었다.

유신운이 쏟아 내는 조화신기에서 요기의 특성까지 느낀 도철은 유신운이 자신의 자식 여득구와 같은 반요라고 착각하였다.

'하지만 달라지는 것은 없다!'

그러나 도철은 상대가 자신과 같은 요괴의 핏줄을 이었다고 한들 봐줄 생각이 전혀 없었다.

콰드드득!

스거걱!

"……!"

강철보다 단단한 경도를 자랑하는 본 아머가 도철의 요기의 칼날에 모조리 부서져 나가기 시작하였다.

산산이 조각난 본 아머의 틈 사이로 유신운의 피가 뚝뚝 흘러내리기 시작했다.

자신의 팔을 내려다보는 유신운의 눈이 차갑게 가라앉았다.

사흉(四凶) 중 가장 강하다는 도철의 흉명은 거짓이 아니었다.

지금까지 상대했던 사흉 중 가장 강한 힘을 지니고 있었다.

-고작 이 정도의 힘으로 건방을 떤 것이냐!

만신창이가 된 상대의 팔을 확인한 도철이 살기를 뿜어내며 전광석화와 같은 빠르기로 다시금 돌진했다.

'그대로 목을 뽑아 주마!'

그러나 유신운도 가만히 당하고만 있지 않았다.

휘익!

스아아!

유신운의 팔에서 흘러내린 피가 흑마염태도의 칼날에 스며들기 시작했다.

쿵쿵!

쿠쿵!

유신운의 피를 삼켜 낸 흑마염태도가 마치 살아 있는 것처럼 박동했다.

어느새 흑마염태도의 칼날이 핏빛으로 물들어 있었다.

쐐애액!

콰가가가!

유신운이 달려드는 도철을 향해 종횡(縱橫)으로 수십 차례 참격을 쏟아 내었다.

뇌운십이검 신운류.

도식 오의(奧義) + 사령술.

혈광은참(血光銀斬).

<u>그그그그!</u>

콰가가가강!

흑마염태도에서 핏빛으로 물든 수천의 벼락이 도철에게 뿜어졌다.

자신만만하게 그대로 상대의 목을 베어 넘기려던 도철은 자신의 앞을 가로막는 혈뢰(血雷)에 당황한 표정을 숨기지 못하고 있었다.

'요기, 아니 그보다 더 순수하기 그지없는 기운이다. 반요 따위가 어찌 이런 힘을?'

하등한 인간과 섞인 반요는 태생적인 한계로 요기를 완벽히 다룰 수 없었다.

한데 상대는 그런 법칙을 완전히 벗어나 그로서도 생전 처음 보는 미지의 힘을 발휘하고 있었다.

도철이 조화신기에 의아해하던 그때, 핏빛 참격이 그의 모든 것을 뒤덮었다.

도철은 무인의 호신강기처럼 요기로 이루어진 방벽을 몸에 두르고 있었지만.

콰르르르!

무림세가
전생결사

콰가가!

−크윽!

'……이 무슨?'

혈광은참과 격돌한 요기의 방벽은 상대의 골갑과 마찬가지로 흔적도 없이 무너져 내리고 있었다.

−크아아!

방벽이 완전히 무너진 도철이 충격파에 휩싸여 멀리 날아가 바닥에 나뒹굴었다.

하지만 그것도 잠시, 도철은 입가의 핏물을 닦아 내며 자세를 가다듬었다.

입장이 완전히 뒤바뀌어 있었다.

둘 다 피를 흘리고 있었지만, 오히려 유신운 쪽이 상태가 더 나아 보였다.

'가벼이 볼 놈이 아니야. 전력을 다해야 한다.'

도철은 부서진 요기의 방벽을 다시금 재건하며 유신운을 재평가했다.

한데 그때였다.

그와 눈을 마주치고 있던 유신운이 깊은 한숨을 내쉬며 알 수 없는 말을 내뱉었다.

"후우, 분신의 몸이기에 어쩔 수 없이 힘의 출력이 제한되는 게 짜증 나는군."

'……분신이라고?'

유신운의 말에 당장 반격을 이어 가려던 도철이 당황한 나머지 몸이 굳었다.

　그 또한 권능 중 하나로 분신을 생성할 수 있었기에, 그 특성을 누구보다 잘 알고 있었다.

　기운을 나누는 능력의 특성상, 분신이 지닐 수 있는 힘의 최대한도는 본체의 반절 정도.

　그렇다는 말인즉슨…….

　'놈은 고작 반절의 힘으로 나와 비등한 실력을 보였다는 것인가?'

　도철의 눈빛이 어지럽게 흔들렸다.

　그러나 그 혼란은 오래 지속되지 않았다.

　'말도 안 되는 허풍이다!'

　도철은 유신운의 노림수를 알아차렸다는 듯, 비웃음을 지으며 나직하게 말을 꺼냈다.

　─반요 따위가 어쭙잖은 허장성세를 부리는구…….

　"그래도 수하의 혈육이기에 착하게 내단만 빼낼 생각이었지만."

　도철의 말을 끊으며 유신운의 말이 이어졌다.

　유신운의 얼음장처럼 차가운 눈빛과 함께.

　스아아!

　콰가가가!

　─……!

그의 전신에서 타오르던 조화신기가 이전과는 비교도 할 수 없는 수준으로 미쳐 날뛰기 시작했다.

도철이 유신운의 말이 거짓이 아니었단 것을 깨달은 그때.

"네놈은 조금 예의범절이란 걸 주입해 줄 필요가 있겠어."

파바밧!

파앗!

유신운의 신형이 신기루처럼 사라졌다.

'쫓지 못했다.'

유신운의 쾌속함을 눈으로 따라가지 못한 도철이 당황한 나머지 다급히 주위를 두리번거렸다.

하지만 보이는 것은 백색(白色)뿐이었다.

어느 곳에도 유신운의 흔적이 느껴지지 않았다.

우우우웅!

콰르르!

그러던 그때, 갑자기 눈앞의 거리에서 막대한 기운의 진동이 쏟아졌다.

분명히 아무것도 없었던 공간이 종잇장처럼 찢어지며 유신운이 모습을 드러내었다.

ㅡ……크읍!

유신운의 등 뒤에 떠올라 있는 무언가를 확인한 도철의 눈이 터질 듯이 커져 있었다.

흑마염태도, 삼첨도, 융독겸.

조화신기와 융합되며 강화된 세 개의 보패들이 유신운의 등 뒤에서 거센 기운을 흩뿌리고 있었다.

"전력 개방."

이윽고 유신운이 명령어를 꺼낸 순간.

뇌운십이검 신운류.

일초 삼기식(三器式).

뇌운귀살(雷雲鬼殺).

각기 마염과 천뢰와 극독을 담고 있는 세 개의 병장기가 허공에서 춤을 추며 뇌운십이검의 일초식을 수놓았다.

유신운은 단신의 몸으로 세 명의 무인이 만들어 내는 합격 (合格)을 펼쳐 내고 있었다.

하나의 공격도 막아내기 버거운 상황에서 완벽에 가까운 합공은 도철에게 절망에 가까운 결과를 만들어 냈다.

─끄……!

콰드드득!

콰득!

반사적으로 십자로 교차한 도철의 팔이 세 보패의 힘을 견디지 못하고 말 그대로 분쇄되고 있었다.

섬뜩하기 그지없는 소리와 함께 도철의 살점과 피가 우박처럼 사방으로 떨어져 내렸다.

무림세가
전생검저

－크아아아!

처음으로 고통을 참지 못한 도철의 비명이 사방에 울려 퍼졌다.

도철이 끔찍한 고통에 몸부림쳤다.

너덜너덜해진 그의 두 팔이 힘없이 흔들리고 있었다.

유신운은 그 틈을 놓치지 않았다.

쐐애액!

촤아아!

빛살 같은 빠르기로 이동한 유신운은 순식간에 도철의 지근거리에 도착했다.

휘이익!

서거걱!

그러고는 허공에서 춤을 추던 흑마염태도를 다시금 손으로 잡아채더니 그대로 도철의 팔 한쪽을 잘라 버렸다.

투욱.

흐물거리던 도철의 팔이 바닥에 처량하게 떨어져 내렸다.

'일단 두 팔부터 잘라 내주지.'

이어 마염이 깃든 흑마염태도의 칼날이 호를 그리며 도철의 남은 한 팔을 향하고 있었다.

우우웅!

우웅!

그런데 그때, 유신운조차 예상하지 못한 일이 발생했다.

'……?'

갑자기 느닷없이 유신운의 손아귀에서 흑마염태도가 빠져나왔다.

유신운이 당혹스러움을 숨기며 일단 뒤로 빠르게 물러났다.

"……!"

자세를 가다듬고 도철을 바라본 유신운은 그제야 작금의 상황이 어떻게 된 일인지 알아차릴 수 있었다.

처척!

처처척!

놀랍게도 도철의 머리 위에 흑마염태도를 포함해 삼첨도와 융독겸 모두가 떠올라 있었다.

도철은 조금 전까지만 하더라도 분노로 이성을 잃은 것처럼 보였지만, 지금은 완전히 냉철함을 유지하고 있었다.

─……보패를 다중으로 다룰 수 있다니, 네놈의 숨겨진 힘이 이것이었구나.

지껄이는 상대의 말은 무시하며 유신운은 도철이 끝까지 숨기고 있던 권능이 무엇인지 파악하기 시작했다.

'한쪽 팔을 제물로 보패를 빼앗은 건가.'

우우웅!

우웅!

거대한 공명음과 함께 허공에 떠올라 있던 세 보패가 울부

짖었다.

세 보패가 어느새 칠흑의 요기로 물들어 있었다.

그 모습을 지켜보던 도철이 비소를 쏟아 내며 거칠게 소리쳤다.

-크하하! 하지만 네놈의 오만도 여기까지다. 이로써 네놈의 모든 힘을 빼앗았으니 이제 영원한 고통 속에서 죽음을 맞이해라!

놈의 말이 끝남과 동시에 흑마염태도에서 마염이, 삼첨도에서 천뢰가, 융독겸에서 극독이 미쳐 날뛰기 시작했다.

상대는 놀랍게도 유신운의 보패를 모두 자신의 것처럼 사용하고 있었다.

도철의 권능은 거기서 끝나지 않았다.

콰즈즈즈!

콰지직!

갑자기 도철 주변의 허공이 아지랑이처럼 일그러졌다.

스아아!

촤아아!

그리고 그 틈 속에서 셀 수 없이 많은 병장기가 쏟아져 나왔다.

하나하나가 강호에서 절세의 명검으로 추앙받았던 무기들이었다.

그것들은 지금껏 도철에게 죽음을 맞이한 무인들의 유품

이었다.

　―한 조각의 살점도 남기지 않으리라!

　도철의 포효와 함께 허공에 떠올라 있던 병장기들이 유신운을 향해 칼날을 세웠다.

　'놈의 권능은 자력(磁力) 그리고 보패 강탈이다. 그렇다면…….'

　유신운은 적의 권능을 파악하고는 빠르게 머리를 굴렸다.

　그리고 마침내 이 상황을 타개할 하나의 방법은 떠올렸다.

　―죽어랏!

　그 순간, 도철의 외침과 함께 수많은 병장기와 보패가 유신운을 향해 휘몰아쳤다.

　폭우처럼 쏟아져 내리는 병장기들을 무시하며 유신운이 허공에 손을 뻗었다.

　스아아아!

　촤아아!

　그와 함께 허공이 뒤틀리며 잿빛 검신이 모습을 드러내고 있었다.

　'도철의 힘이 담겨 있기에 도철의 힘을 무시할 수 있는 병기.'

　백이랑이 만들어 낸 신검(神劍), 회월(灰月)이 빛을 발하고 있었다.

　'새로운 보패인가?'

도철은 급히 유신운의 손에 들린 정체 모를 검을 바라보았다.

'……무슨?'

검에 담긴 기운을 낱낱이 살핀 도철의 두 눈에 의문의 빛이 떠올랐다.

이유는 간단했다.

유신운의 검에서 털끝만큼의 선기도 느껴지지 않았기 때문이었다.

하지만 그것도 잠시, 곧이어 사태를 파악한 도철이 제 입꼬리를 말아 올렸다.

'보패를 빼앗기니 급한 대로 수중의 아무런 검이나 뽑아든 것인가.'

어처구니가 없는 상황에 도철은 저도 모르게 짙은 비소가 흘러나올 뻔했지만.

'방심하지 않고 철저하게 짓밟아 주마.'

상대를 확실하게 해치우기 위해 차갑게 정신을 가다듬으며 제 한계를 넘어선 영역까지 요기를 끌어 올렸다.

-크윽!

후아아!

촤아아!

그의 전신에서 칠흑의 요기가 다시 한번 거센 파도처럼 일렁였다.

만천화우처럼 하늘을 뒤덮고 있는 병장기들 가운데 두 개가 더 요기의 빛으로 물들기 시작했다.

쐐애애액!

콰가가!

공기가 비명을 지르는 듯한 파공성이 쏟아졌다.

그와 동시에 적의 모든 기운을 봉쇄하는 영능을 지닌 송곳 모양의 보패 찬심정(鑽心釘).

마치 뱀처럼 살아 움직이며 적의 사지를 포박하는 쇠사슬 형태의 천심쇄(穿心鎖)가 대지를 뒤틀며 모습을 드러냈다.

무려 다섯 개의 보패가 유신운이 회피할 가능성이 있는 오방(五方)을 모조리 점하고 있었다.

촤아아아!

그러던 그때, 쏟아진 병기들과 보패들이 유신운의 눈앞까지 쇄도했다.

지금 유신운의 모습은 뱀 앞의 개구리와 같았다.

감히 반격할 생각조차 못 하고 제자리에 얼어붙은 것만 같았던 것이다.

하지만 진실은 보이는 것과 전혀 달랐다.

유신운은 이 절체절명의 순간 속에서 조금도 떨고 있지 않았다.

'느껴진다, 회월의 의념이.'

그는 그저 호수처럼 고요하게 가라앉은 명경지수의 상태

로 연신 자신에게 속삭이고 있는 회월의 목소리에 집중하고 있을 따름이었다.

쐐애애액!

그렇게 쇄도하는 날카로운 창칼에 전신이 송두리째 꿰뚫리기 직전.

[……어떤 힘을 원하는가.]

드디어 회월의 목소리가 그에게 또렷하게 닿았다.

그리고.

스아아아-!

촤아아-!

놀랍게도 죽음의 순간에 느낀다는 주마등처럼.

유신운이 살아 숨쉬는 세상의 시간이 아주 천천히 흘러가기 시작했다.

'당주님이 말했던 것이 이것인가.'

생각지도 못한 기이한 현상을 맞닥뜨린 유신운은 백이랑이 검을 만들며 은밀히 보냈던 전음의 내용이 떠올랐다.

-보패는 분명히 초월적인 힘을 담고 있지. 하지만 그렇다면 보패가 최강의 무기냐. 아니, 나는 그렇게 생각하지 않는단다.

─본디 보패는 선인이 만든, 선인만을 위한 것. 인간이 다룰 수 있는 최고의 무기는 오로지 인간의 손에서 탄생하는 법이지 않겠느냐?

─나는 그 신념으로 평생을 바쳐 두 자루의 검을 만들었다. 세상 사람들은 그 검들을 신검(神劍)이라 부르고 있지. 하지만…… 그 두 검은 실패작들이다.

백이랑은 총운신검도 흑천마검도 실패작이라 칭했다.
그 이유가 바로 저 회월의 목소리에 있었다.
유신운은 눈을 감았다.

─신검은 사용하는 자의 의지가 깃듦으로써 비로소 완성된단다. 총운신검도, 흑천마검도 똑같았지. 하지만 결국 주인의 비틀린 의념이 깃든 검은 내가 바란 모습으로 완성되지 못했다.

검게 물든 시야 속에서 백이랑의 마지막 목소리가 울려 퍼졌다.

─하여 부디 바라건대 너만은 내가 꿈꾸던 진정한 신검을 얻을 수 있으면 좋겠구나.

무림세가
전받짐꺼

비로소 유신운이 눈을 떴다.

'……내가 원하는 힘은.'

회월의 질문에 끝없이 자문하는 유신운의 눈앞에.

살기를 내뿜고 있는 도철의 모습이.

자신의 제자를 죽인 담천군이.

세상을 피로 물들이려는 혈교주의 모습이 떠올랐다.

그리고 마침내.

유신운이 회월에게 답을 토해냈다.

"세상을 뒤덮으려는 혼돈(混沌)으로부터 죄 없는 사람들을 구할 힘, 난 그것만을 원한다."

유신운의 말이 끝난 순간.

더뎌졌던 시간이 거짓말처럼 찰나 만에 정상의 것으로 돌아왔다.

콰가가가—!

콰아아—!

기운의 광풍이 휘몰아치며 유신운이 선 자리에 무수한 병장기들과 보패의 권능이 동시에 쏟아졌다.

콰르르르릉—!

콰가가강!

수천 개의 폭탄이 동시에 터진 것만 같은 거대한 폭음이 터져 나왔다.

그 파괴력에 공간 자체가 뒤틀리며 유신운이 펼친 공간진이 무너지기 시작했다.

순백의 공간이 유리조각처럼 산산이 깨지며 현실의 귀천암의 모습으로 되돌아오기 시작했다.

"요괴!"

그에 뒤늦게 정신을 차리고 유신운을 기다리고 있던 주태명이 갑작스레 눈앞에 등장한 도철의 모습에 당황을 숨기지 못했다.

도철의 등뒤 허공에 병기와 보패들이 아직 기운을 쏟아 내며 떠올라 있었다.

주태명은 황급히 뒤로 물러나며 아직 익숙하지 않은 힘을 끌어 올려 보려 했지만.

정작 도철은 그를 쳐다보고 있지도 않았다.

─……말도 안 돼. 아니, 인간 따위가 어떻게?

도철은 지진이라도 난 듯이 떨리는 동공으로 협곡의 어둠이 내려앉은 한곳을 바라보고 있었다.

주태명의 시선이 자연스레 그곳으로 향했다.

"……!"

어둠 속에는 놀랍게도 유신운이 자리하고 있었다.

유신운은 고요 속에서 그저 가만히 회월을 쥔 채 서 있었다.

한데 그는 도철의 혼신을 담은 일격에도 조금의 피해도 입지 않은 모습이었다.

'저 검! 분명히 보패가 아니었는……!'

도철이 어찌 된 영문인지 파악하려 힘쓰던 그때.

우우우웅-!

우우웅-!

-크윽!

회월에서 울려 퍼진 거대한 공명음이 도철의 두 귀의 내부를 진탕시켰다.

생각지도 못한 갑작스러운 공격이 도철이 비틀거리는 찰나.

-......!

유신운의 신형이 그의 시야 속에서 말 그대로 사라졌다.

어떠한 움직임도, 흔적도 알아차릴 수 없었다.

애초에 그 자리에 없었던 것 같았다.

그러나 다음 순간.

'무......!'

어느새 유신운은 그의 눈앞에 존재했다.

그는 도철이 인식할 수 있는 속도 그 너머에 도달하여 있었던 것이다.

[신검, '회월'이 플레이어와 영혼으로 결속됩니다.]

[영혼 결속의 보상으로 신검의 권능, '천괴흉살(天怪凶殺)'을 획득하였습니다.]

우우우우웅!

콰가가가가!

회월의 검날에서 수십의 도환이 나선의 형태로 맹렬히 회전하고 있었다.

그 가운데 도철은 본능적으로 깨달았다.

상대가 자신이 감히 범접할 수 없는 영역에 도달했다는 것을.

'빼, 빼앗아야 해. 그러지 못하면……!'

죽는다. 그 생각만이 도철의 머릿속을 지배했다.

그아아아!

콰가가!

도철은 최후의 요기까지 모두 사용해 유신운의 검을 향해 손을 뻗었다.

회월을 빼앗기 위해 강탈의 권능을 발현한 것이었다.

하지만.

─크아아악!

도철은 노린 바를 이루지 못하고 그저 고통에 찬 신음을 쏟아 낼 수밖에 없었다.

서거걱, 투욱!

유신운을 향해 뻗었던 그의 하나 남은 팔이 그대로 바닥에 널브러져 있었다.

앞서 보였던 인식 밖의 속도로 움직인 유신운이 참격을 쏟아 낸 것이었다.

도철이 당황하던 그때, 유신운이 유수와 같은 자연스러운 동작으로 간결하기 짝이 없는 일초의 검격을 펼쳐 냈다.

뇌운십이검의 초반부 초식도 아닌 그저 기초가 되는 수련 동작 중 하나일 따름이었다.

하지만 그저 그 단순한 검격은, 다음 순간.

스아아아!

콰가가가가!

온 세상을 뒤덮는 한 줄기의 뇌광(雷光)으로 화했다.

찬란한 빛과 함께 회월의 칼날이 도철의 가슴 한가운데에 정확히 박혀 있었다.

유신운의 의지가 깃들며 신검으로써 완성된 회월의 힘, '천괴흉살'의 권능은 바로.

'요괴, 몬스터를 상대할 때의 의념과 내기의 초월 증폭. 그리고 쓰러뜨린 괴이의 절대 봉인(封印).'

도철과 혼돈이라는 두 요괴왕의 힘이 깃들어 있는 회월은 역설적이게도 세상을 어지럽히는 온갖 괴이들을 척살하고 봉인하는 힘을 지니게 되었다.

스아아아!

콰아아아!

거대한 기운의 와류와 함께 도철의 거체가 회월의 내부로 빨려 들어가기 시작했다.

[사흉, '도철'을 회월에 봉인시키는 데에 성공하였습니다.]
[플레이어의 경험치가 최대치에 도달했습니다.]
[레벨이 상승하였습니다.]
[199레벨을 달성하였습니다.]
[신규 칭호, '천세흉왕(千歲凶王)'를 획득하였습니다.]
[보상으로 '초월급 마나석'을 획득하였습니다.]
['요괴왕의 내단'을 획득하였습니다.]
[신규 보패, '천심쇄'를 획득하였습니다.]
[신규 보패, '찬심정'을 획득하였습니다.]
[……]
[새롭게 획득한 보패의 종류가 너무 많습니다. 플레이어의
확인이 필요합니다.]

'끝났군.'
회월의 내부에 도철이 느껴지자 유신운은 주태명에게로
몸을 돌렸다.
주태명은 아직도 작금의 상황을 제대로 파악하지 못하고
두 눈만 끔뻑이고만 있었다.
촤아아!
그 순간, 저 멀리서 동이 터오고 있었다.
유신운의 등 뒤로 햇살이 맞닿았다.
'아아.'

주태명은 말없이 속으로 탄성을 내뱉었다.

유신운의 모습에서 옛적의 천마의 모습이 비쳐 보였기 때문이었다.

천마전(天魔殿).

오로지 신교의 주인만이 발을 들일 수 있는 대전에 한 사내가 광오한 모습으로 걸어 들어오고 있었다.

문 앞을 지키던 무사들이 그를 보고 예를 갖추었다.

"신교 천세! 교주님을 뵙습니다!"

천진중은 그런 그들을 본 척도 하지 않고 자신의 거처로 이동했다.

아직 정식으로 후대 천마로의 취임이 이루어지지 않았건만, 천진중은 이미 천마전에서 생활을 시작해 있었다.

길고 긴 복도를 거니는 천진중의 얼굴에 선명한 기쁨이 떠올라 있었다.

'후후, 내기의 운용에 조금의 이상도 없다. 완벽한 천마신공이야.'

천진중은 유신운과 천서린이 갇혀 있는 뇌옥에 들렀다가 돌아오는 길이었다.

사흘간 뇌옥 안에서 세뇌를 마친 천서린에게 빼낸 천마신공을 전수받기로 했기 때문이었다.

'조금이라도 허튼수작을 부리면 바로 뇌옥에서 꺼내 목을 베어 버릴 작정이었지만…….'

몇 번이고 다시 운용해 보아도 상대가 넘긴 천마신공은 조금의 이상도 없는 완벽한 천마신공이었다.

'후후, 이제 이틀만 지나면 완벽히 교주의 자리에 오를 수 있겠군.'

흡족한 미소를 띤 채, 천진중이 자신의 거처에 도착했다.

한데 문 앞에서 기다리고 있는 누군가를 확인한 천진중의 미간이 꿈틀거렸다.

그의 전신에서 지독한 마기가 스멀스멀 피어오르던 그때, 상대가 먼저 극진히 예를 갖추며 천진중에게 인사를 건넸다.

"신교천세, 교주님을 뵙습니다."

그는 다름 아닌 장로원을 이끄는 태상장로, 양원패였다.

그동안 자신의 가장 큰 골칫거리이자 정적이었던 상대이기에, 천진중은 그를 보는 것만으로 짜증이 몰려오고 있었다.

'이놈이 갑자기 무슨 의중으로 나를 찾아온 거지?'

천진중은 머리를 굴리며 아직도 공손히 고개를 숙이고 있는 상대를 내려다보았다.

그는 마음 같아서는 당장이라도 손을 뻗어 머리통을 박살 내 버리고 싶었지만.

'……아직 취임식이 남았으니까.'

장로들의 괜한 반발을 우려해 겨우 차오르는 살심을 참아
내며, 나직하게 말을 꺼냈다.

"무슨 일로 나를 찾아오셨소?"

그러자 고개를 들어 눈을 마주친 양원패가 한참 동안 침음
을 흘리다 겨우 말을 내뱉었다.

"……사실 교주께 긴히 부탁드릴 것이 있어 찾아왔습니다."

'부탁?'

갑작스러운 상대의 말에 천진중은 바쁘게 머리를 굴렸다.

하지만 아무리 고민해도 상대의 의도가 마땅히 떠오르지
않았다.

"……일단 들어가서 이야기하지."

"예, 감사합니다."

그렇게 두 사람이 천마전의 거처로 발을 들였다.

한데 그때였다.

걸음을 옮기는 양원패의 발밑의 그림자가 찰나간 마치 살
아 있는 것처럼 물결치고 있었다.

3장

교주전 내부에 무거운 적막이 흐르고 있었다.

양원패가 독대를 청한 까닭에 방 안에는 두 사람만이 자리하고 있었다.

좌신장은 양원패의 암살 위협의 가능성을 전음으로 전했다.

하지만 천진중은 비릿한 미소와 함께 그 말을 일축했다.

이미 태상장로의 모든 가솔들의 생사를 움켜쥐고 있는 상황.

그가 쓸데없는 짓은 하지 않으리라는 예상이 있었던 것이었다.

'……대체 무슨 꿍꿍이냐.'

하지만 그런데도 천진중은 일말의 감정조차 보이지 않았다.

그저 서늘한 눈빛으로 양원패를 노려보고 있었다.

그렇게 계속되던 침묵을 끊어 낸 것은 다름 아닌 양원패였다.

"교주님의 안색이 영 좋지 않아 보이는데 괜찮으신 건지요?"

양원패의 말에 천진중이 제 미간을 찌푸렸다.

'젠장, 숨길 수가 없군.'

그의 말마따나 천진중의 안색은 며칠을 잠을 이루지 못한 사람처럼 피폐해져 있었다.

최대한 숨기고 있었지만, 악룡(惡龍)이 기운을 훔쳐 가는 것이 갈수록 더욱 심해지고 있었던 까닭이었다.

영약을 쏟아부어도 도저히 감당되지를 않는 수준까지 도달했다.

그리고 이제는 어젯밤부터는 은밀히 방계 혈족들을 납치해 기운을 뽑아내어 흡수하고 있는 지경이었다.

하지만 그런 사실을 양원패에게 알려 줄 필요는 없었다.

천진중이 날카롭게 말을 꺼냈다.

"……간밤에 잠시 잠을 설친 탓이니 태상 장로가 신경 쓸 필요는 없소. 자, 그럼 본론부터 말하도록 하시오. 하려던 부탁이란 것이 무엇이오."

양원패는 분명히 자신에게 '부탁'을 하기 위해 이곳까지 찾아왔다고 하였다.

하지만 아무리 고심을 해도 양원패의 의도를 파악하지 못하자 천진중은 직설적으로 물어보았다.

하나 잠시 후 천진중이 전혀 예상치 못한 답변이 들려왔다.

"일단 그에 앞서 저는 제가 지닌 모든 권한을 교주님께 일임한다는 증서를 남기고 태상장로 직에서 물러나겠습니다."

"……!"

깜짝 놀란 천진중의 두 눈이 커다랗게 떠졌다.

한데 그가 그렇게 놀랄 만도 하였다.

마교의 태상장로는 교주를 제외하면 일인지하 만인지상의 자리나 마찬가지였다.

마음 같아서야 몇 번이고 쫓아내고 싶었다.

하지만 수많은 교인의 반발을 우려해 참고 있었던 것인데 저 스스로 그런 위치에서 내려오겠다니.

자꾸만 새어 나오려는 기쁜 감정을 애써 참아 내며 천진중이 나직이 말했다.

"……크흠, 갑자기 그게 무슨?"

"……후우, 지난 며칠간 밤낮을 고심한 뒤에 내린 결론입니다. 전대 교주님을 제대로 살피지 못한 불민한 스스로에 대한 책임을 묻고자 합니다."

깊은 한숨을 푹 내쉬며 내뱉는 양원패의 얼굴을 천진중이 뚫어져라 쳐다보았다.

지난 세월 동안 수많은 정적을 잔혹한 심계 하나로 꺾고 저 자리에 선 존재였다.

백번 의심을 하는 것이 마땅했다.

"흐음, 태상교주의 마음은 이해하오만 책임을 어떻게 묻는다는 말인지?"

"교주께서 허락만 하신다면 신마동에 들어가고자 합니다."

"신마동?"

그의 입에서 튀어 나온 신마동이란 말에 무슨 이유에선가 천진중의 눈썹이 꿈틀거렸다.

하지만 그런 자신의 반응을 최대한 숨기며 천진중은 말을 아꼈다.

'……저놈이 설마 그 사실을 알고?'

게슴츠레하게 뜬 눈으로 양원패를 바라보는 천진중에게서 섬뜩한 살기가 피어오르고 있었다.

"……허할 수 없습니다. 분명 교주령(敎主鈴)으로 신마동의 문을 여는 것까지는 가능하지만, 한번 들어간 이상 절대 되돌아 나올 수는 없음을 아시지 않습니까."

천진중이 거절의 뜻을 내비치자 양원패가 소리쳤다.

"상관치 않습니다! 주인을 죽음으로 이끈 수하가 살아서 무엇하겠습니까!"

그러고는 바닥에 이마까지 쿵쿵 찧었다.

"저는 그곳에서 죽음에 이를 때까지 수련하며 전대 교주님의 영령을 달래고자 하니 교주께선 부디 제 청을 들어 주십시오!"

양원패가 고개를 들자 이마에 피가 줄줄 흐르고 있었다.

천진중이 복잡한 마음으로 양원패의 속내를 짚고 있던 그때였다.

―……교주, 지난날의 죗값은 부디 나 하나로 참아 주시오. 아무런 죄 없는 이들이 피를 흘릴 까닭은 없지 않소이까.

처절함이 담긴 양원패의 전음이 그의 귓전에 들려왔다.

천진중은 침착함을 유지하며 양원패의 눈을 쳐다보았다.

그러자 그동안 보이지 않던 상대의 패배감과 처연함이 담긴 눈빛을 볼 수 있었다.

그제야 천진중은 자신이 눈앞의 벌레를 심히 과대평가하고 있었음을 깨달았다.

'크큭, 스스로 목숨을 끊을 테니 제 혈족들은 살려 달라는 이야기군.'

자신이 교주의 자리에 정식으로 오르고 마교의 장악이 완벽히 끝나면 뒤이어 벌어질 일은 당연히 거슬리는 이들을 피로 씻어 내는 일이었다.

그런 상황을 예측하고 자신은 그 사태를 막아 낼 힘이 없다는 것을 깨달은 양원패는 자신의 목숨을 제물로 바치고 혈족들을 구하려 방책을 떠올린 것이었다.

이제 모든 실상을 알아차린 천진중이 비릿하게 입꼬리를

비틀며 말을 꺼냈다.

"신교의 주역인 태상이 사라지는 것은 큰 낭패이지만, 주인을 기리는 진심을 어찌 막겠소? 원하시는 대로 하시오. 태상이 사라져 슬퍼할 일족은 제가 챙기도록 하지요."

"……감사할 따름입니다."

승자의 저열한 우월감이 느껴지는 천진중에게 양원패가 고개를 꾸벅이며 답했다.

"그래, 그럼 출발은 언제 하시려 하오? 결심을 한 이상 빠르면 빠를수록 좋긴 하겠지만."

"……동이 트는 대로 곧장 길을 떠나려 합니다."

"알겠소. 곧바로 신마동까지 안내할 이들을 준비토록 하지."

"……예, 저는 그리 알고 이만 떠나가 보겠습니다."

양원패가 허망함이 가득한 표정을 뒤로 한 채, 예를 갖추고 방을 빠져 나갔다.

"크하하! 하늘이 나를 돕는구나!"

방문이 닫히자마자 천진중은 들으라는 듯이 포효했다.

"이제 천마의 좌에 오를 때까지 단 이틀!"

콰르르르!

그의 전신에서 터져 나온 지독한 마기가 방 안을 마치 지진이 일어난 것처럼 거세게 진동시켰다.

"담천군과 유신운의 목을 베고 세상을 피로 씻으리라!"

천진중의 선언과 함께 방 안에 역한 혈향이 피어오르고 있었다.

　　　　　⌣

　이튿날.

　동이 트자마자 천진중의 명을 받은 일단의 호위대가 양원패의 처소에 나타났다.

　호위대장의 무위가 고작 일류, 심지어 다른 호위 무사들은 이류에 불과했다.

　태상장로의 마지막을 호위하는 이들이라고는 믿기지 않을 정도로 형편없는 무위의 무인들이었다.

　천진중은 마지막까지 대놓고 양원패를 무시하는 처사를 벌인 것이었다.

　하지만 양원패는 한 마디도 꺼내지 않고 조용히 그들을 쫓아 신마동으로 떠났다.

　떠나는 양원패의 뒷모습을 바라보는 혈족들이 눈물을 쏟아 내고 있었다.

　신마동까지의 이동은 그리 오랜 시간이 소요되지 않았다.

　마교의 본단에서 두 시진 정도 가량을 험준한 협곡 사이를 누비고 나자 행렬의 앞에 신마동의 입구가 나타나 있었다.

　동굴의 위편에 신마비동(神魔秘洞)이란 네 글자가 새겨져 있었다.

동굴 안으로 발을 들이자 내부는 칠흑 같은 어둠이 내려앉아 있었다.

"크윽."

"후읍."

신마동 안에서 흘러넘치고 있는 마기는 고작 일류와 이류에 불가한 이들이 버텨 낼 수 없었다.

비틀거리며 쓰러져 혼절하는 이들이 다수였고 호위대장만이 유일하게 두 다리를 버티고 있었다.

하얗게 질린 안색의 호위대장이 겨우 앞으로 걸어가 동굴의 옆에 패인 작은 구멍에 무언가를 집어넣었다.

다름 아닌 신마동의 진정한 문을 여는 교주령이었다.

두두두두!

구구구구!

산 전체가 무너져 내리는 것이 아닌가 하는 착각이 들 정도로 거대한 진동이 지나갔다.

그 순간, 칠흑 같던 신마동의 내부에서 작은 빛줄기가 흘러나왔다.

"……태상장로님의 무운을 빌겠습니다."

호위대장이 예를 갖추며 말을 꺼내자 양원패가 작게 고개를 끄덕인 후 신마동 안으로 걸어 들어갔다.

스아아!

콰르르르!

양원패를 집어삼키자 신마동의 내부에서 흘러나오던 빛줄기가 다시금 사라졌다.

다시금 신마동이 칠흑으로 물든 것을 확인한 호위대장이 목소리를 드높였다.

"모두 돌아간다!"

이어 교주령을 회수한 호위대장은 탈진한 호위대 전부를 이끌고 마교의 본단으로 돌아갔다.

"후우, 후."

신마동의 내부로 들어온 양원패는 거친 숨을 몰아쉬고 있었다.

신마동에 발을 디딘 순간부터 내부로 파고드는 정체를 알 수 없는 기운에 그는 제정신을 차리기 힘들어하고 있었다.

평생을 수련한 내기는 조금의 도움도 되지 않았다.

정체를 알 수 없는 기운은 그의 마기를 가볍게 압도하며 몸의 내부를 진탕으로 만들고 있었다.

'신마동은 숨 쉬는 것부터 죽음의 연속이라는 말이 거짓이 아니었구나.'

드드드드!

그드득!

한줄기 빛을 향해 걸어가던 그때, 거대한 진동과 함께 작은 빛줄기마저 사라졌다.

그러자 더욱 거세지기 시작한 정체모를 기운의 폭주에 그는 한 발을 더 딛지 못하고 제 자리에 털썩 주저앉고 말았다.

"크흡, 컥!"

숨이 턱 막혀 오며 죽음이 눈앞에 다가온 것이 느껴진 그 때였다.

스아아아!

어둠 속에 동화되어 있던 그의 그림자가 맹렬히 움직이고 있었다.

파도처럼 거세게 몸을 일으킨 그림자는 곧 전혀 다른 이의 형상으로 변화되었다.

스아아!

촤아아아!

그림자의 손끝에서 발한 환한 빛이 어둠을 꿰뚫으며 양원패의 몸에 닿았다.

주변이 환하게 빛을 되찾으며 동굴의 모습이 드러났다.

"이제 괜찮을 거다."

유신운은 본래의 모습 그대로 양원패의 곁에 서 있었다.

그랬다.

양원패의 그림자에 숨어 있던 존재는 다름 아닌 유신운이 었던 것이다.

곧이어 유신운의 기운을 전해 받은 양원패의 낯빛이 이내 정상의 것으로 빠르게 되돌아왔다.

'좋아, 다행히 양원패를 통해 신마동까지 들어오는 데 성

공했군.'

그 모습을 바라보는 유신운의 머릿속에 지난날의 기억이
천천히 떠오르기 시작했다.

유신운이 천서린을 구하는 동시에 보낸 존재가 바로 양원
패였다.

그는 세 번째 도플갱어를 절망에 빠진 양원패의 처소로 보
냈다.

'주태명과 천서린을 성공리에 탈출시킨다 해도 마교 내부
에 포진된 천진중의 수하들이 너무 많다. 그들과 맞설 세력
은 양원패만이 유일해.'

또 다른 미래의 기억 속에서 양원패는 천진중에게 맞선 유
일한 인물이었다.

그리고 주태명과 더불어 마교 내에서 전대 천마에 대한 충
심이 가장 뛰어난 존재이기도 했다.

천진중의 수하들이 철저히 감시 중인 양원패의 처소에 공
간진을 펼쳐 둘만이 대화를 할 수 있게 만든 후.

-이, 이게 무슨?
-반갑군.
-······네놈은?

유신운은 위장 신분에서 벗어나 유신운 그대로 모습을 보

였다.

백운세가주의 용모파기를 보았던 양원패는 그의 정체가 유신운이란 것을 깨닫고 경악했지만.

─⋯⋯천마께서 살아 계시다고?

─그래, 천진중에 의해 육신과 혼백이 분리되어 있을 뿐. 혼백만 되돌리면 천마는 다시금 눈을 뜰 거다.

유신운의 입에서 나온 더욱 거대한 사실에 유신운에 대한 것은 뒷전으로 밀려났다.

─그대의 말이 진실이란 것을 내가 어찌 믿을 수 있소?

─그건⋯⋯.

하지만 한 가지 걸림돌이 있었다.

양원패가 자신을 진정으로 믿고 따르게 만드는 일이었다.

주태명과 천서린을 데려와 설득하기에는 주어진 시간이 너무나 부족했기에.

유신운은 일단 그를 지어낸 거짓으로 속여 움직이게 만들었다.

'쩝, 어쩔 수 없는 일이었지만.'

"후우, 후."

그러던 그때, 제정신을 차린 양원패는 자신의 곁에 선 유신운을 확인하더니.

처척!

이내 극진한 예를 갖추며 말을 꺼냈다.

"……감사합니다, 소교주님."

'하, 이거 나중에 어떻게 수습해야 하나.'

유신운은 조그맣게 한숨을 내쉬었다.

-내가 바로 진정한 천마의 제자다.

유신운은 천서린을 가르치며 뇌운십이공과 천마신공이 동류라는 것을 알아냈다.

이를 이용하여 양원패의 눈앞에서 천마신공을 완벽히 펼쳐 내며 자신을 따르게 한 것이었다.

"소교주님이 무공뿐 아니라 이렇듯 진법에도 통달하여 있으니, 소신은 그저 놀라울 따름입니다."

"……그리 금칠할 정도는 아니오."

"허어, 이리 겸양의 덕조차 갖추셨으니 소신의 눈에는 이미 마교의 밝은 미래가 보이는 듯하옵니다."

"……."

얼굴색 하나 변하지 않고 자신을 향해 무한 칭찬을 날리는 양원패를 보며 유신운은 머리가 지끈거려 왔다.

하지만 더 말을 이어 갈수록 사태가 더욱 복잡해지리라는 것을 알아차리고는 이내 말을 아끼기로 했다.

"후우, 설마 숨쉬기조차 쉽지 않은 곳이라니. 신마동의 악명은 정말 그냥 붙은 것이 아니군요."

겨우 기운을 차린 양원패는 고개를 가로저으며 말을 꺼냈다.

그의 말처럼 이곳 신마동은 유신운도 가볍게 넘기기 힘든 막중한 기운이 공간 전체에 한시도 쉬지 않고 요동을 치고 있었다.

'마진법으로도 겨우 1미터 정도의 안전 구역을 만드는 것만이 겨우 가능할 정도이니 말 다 했지.'

무공의 경지로 보면 천진중을 제외하면 명실상부한 마교의 이인자인 양원패조차도 진법을 벗어나 한 발을 내딛지조차 못했다.

카드드득!

키에에!

신마동의 기운과 마진의 기운이 맞부딪치며 귀곡성이 울려 퍼졌다.

순간 양원패가 제 몸을 부르르 떨었다.

소리를 듣는 것만으로도 심장을 옥죄어 오던 끔찍한 고통이 느껴지는 것이리라.

하지만 유신운은 그 모습을 가만히 지켜보다가 고개를 돌렸다.

그의 눈에 담긴 감정은 양원패의 것과는 전혀 달랐다.

'이 기운은 역시…….'

유신운은 신마동에 넘실거리는 기운을 느끼며 불쾌함보다 오히려 익숙한 감정이 먼저 들고 있었다.

무언가 이질적인 기운이 섞여 있기는 하지만 본질적으로 이 기운은 '유일랑'의 기운이었다.

그리고 유신운은 이곳이 어떻게 만들어졌는지 자연히 짐작하게 되었다.

'이곳의 기운이 바깥과 완전히 달라진 건 영감님이 이곳에서 무공을 수련했기 때문일 거야.'

마교의 주민들에게 피해를 주지 않기 위해 별도의 공간을 마련한 것일 텐데.

새삼 놀라웠다.

도대체 어느 정도의 힘을 수련했던 것이기에.

그 과정에서 이렇듯 공간이 마지(魔地)로 변해 버릴 정도인지 말이다.

하지만 곧 유신운은 잡념에서 벗어났다.

"지체할 시간이 없으니 이만 나는 안쪽으로 이동해 보겠소."

"부디 조심하십시오. 그리고……."

양원패는 떠나려는 유신운에게 무운을 빌다가 뒷말을 잇

지 못했다.

천마님을 구해 주십시오……라고 말하고 싶었겠지만, 자신의 능력의 한계로 함께 앞으로 나아가지 못하는 것에 부끄러움과 죄스러운 감정이 동시에 드는 듯했다.

유신운은 어깨를 두드리며 나직이 말을 꺼냈다.

"수련이나 하고 있으시오. 곧 그대의 힘이 필요한 순간이 분명히 올 것이니."

"……존명!"

포권을 하며 예를 갖추는 양원패를 뒤로하고, 유신운은 흡사 돌풍과 같은 빠르기로 앞으로 달려 나갔다.

유신운은 동굴 끝에서 흘러나오는 희미한 빛줄기를 쫓아 맹렬히 돌진했다.

경공의 속도를 높이면 높일수록 기운의 압박이 거세져 갔다.

하지만 유신운은 이를 가볍게 무시하며 조화신기를 끌어올렸다.

그렇게 어느새 도달한 조화경 상급의 힘을 한참 동안 쏟아내고 나자.

처척.

'여기인가 보군.'

걸음을 멈춘 유신운의 눈앞에 거대한 공동이 나타났다.

유신운의 시선이 공동의 가운데를 향했다.

스아아아!

콰아아!

그곳에는 환하게 빛을 내뿜고 있는 기운의 와류(渦流)가 존재했다.

기운을 유심히 지켜보던 유신운은 그제야 유일랑의 기운에 섞여 있는 미지의 기운의 정체를 확실하게 알게 되었다.

'잘 찾아냈군.'

그랬다.

신마동에서 뿜어지는 기운은 나찰사와 지옥수에게서 느껴지던 명계(冥界)의 기운과 똑같았다.

천서린과 함께 보았던 천마와 명계의 존재와의 싸움을 되새겨 보았을 때, 유신운은 자신이 천마를 구하기 위한 정확한 장소로 왔음을 알아차릴 수 있었다.

'이곳에서 천마의 영혼이 명계로 납치된 것은 확실해. 그럼 남은 문제는 내가 어떻게 명계로 넘어가느냐는 것인데…….'

그러던 그때였다.

우우웅!

우웅!

갑작스레 유신운의 품속에서 한 가지 물건이 미친 듯이 진동해 왔다.

진동의 근원지를 향해 품속으로 손을 뻗은 유신운은 곧 주유에게서 빼앗아 완전해진 '지옥경'을 꺼내 들었다.

그 순간, 지옥경은 유신운의 손을 떠나 허공으로 날아올랐다.

파아아!

촤라라락!

서책이 바람에 흩날리듯 빠르게 펼쳐졌다.

그렇게 허공에 넘실거리던 명계의 기운이 빠르게 지옥경에 흡수되기 시작했다.

음험하기 짝이 없는 보랏빛 기운이 서책에서 내뿜어지자 유신운은 눈썹을 찡그렸다.

스아아아!

콰아아!

그때 기운의 와류 속에서 의문의 존재의 형상이 나타났다.

안개로 가려진 듯 모습이 정확히 보이진 않았지만, 유신운의 표정이 차갑게 굳었다.

'……저놈은 분명.'

놈은 다름 아닌 1만 명에 달하는 백성들의 목숨을 제물로 주유에게 힘을 빌려주었던 존재였다.

의문의 존재가 유신운을 바라보았다.

달라진 외견을 꿰뚫어 볼 수 있는 그 또한 자신을 소환한

자가 유신운임을 알아차렸다.

─⋯⋯인간, 명계의 힘을 원하는가? 그렇다면 합당한 제물
을 바쳐라.

유신운은 아무런 대답도 하지 않았다.
제물을 바친다면 분명히 명계로 넘어갈 수 있으리라.
하지만 그가 원하는 제물이란 곧 죄 없는 이들의 목숨임을
유신운은 알고 있었다.
스아아아!
콰가가가!
그러나 유신운은 한 치의 망설임도 없이 자신의 기운을 끌
어 올렸다.
"현현하라, 회월."
유신운의 말이 끝남과 동시에 그의 손에 회월이 들려 있었
다.

─인간, 무슨⋯⋯?

유신운에게서 느껴지는 지독한 살기에 의문의 존재는 당
혹감을 숨기지 못했다.
"제물? 웃기지도 않는군."

유신운은 한설과 같이 차가운 조소를 지어 보이며 스킬을
시전했다.

[플레이어가 스킬, 시미터 오브 바르자이(Scimitar of Barzai)를
시전하였습니다.]
[신검, '회월'이 스킬의 매개체로 선택되었습니다.]
[스킬, '시미터 오브 바르자이'의 권능이 성공적으로 안착
되었습니다.]

스아아!
촤아아!
아무것도 없던 회월의 검파를 갑작스레 나타난 검은 명주
실이 휘감기 시작했다.
명주실로 뒤덮인 검파를 다시금 집은 유신운은 스킬의 권
능을 발현했다.
'시작도 끝도 없는 자. 한때 존재했으나, 지금도 존재하며,
미래에도 존재할 이의 힘을 빌리니.'
콰가가가!
콰아아!
검파에서 피어오른 강대한 힘이 뱀처럼 꽈리를 트고 올라
가 곧 회월의 칼날에서 미친 듯이 쏟아지고 있었다.

[시미터 오브 바르자이]

등급 : EX-

플레이어가 지닌 매개체에 시공간 절단(視空間 切斷)의 권능을 부여합니다.

-시공간 절단 : 공허의 힘을 발휘하여 강림한 상대가 위치한 세계의 단면을 잘라 낸 뒤, 일시적 통로를 발생시킵니다.

안개 속에 숨은 의문의 존재는 미물(微物)에게서 느껴지는 거대한 힘에 경악을 금치 못하고 있었다.

그 모습을 보며 입꼬리를 비튼 유신운이 마지막 한마디와 함께.

"개소리 그만 지껄이고 넌 얌전히 목이나 닦고 기다려라."

회월을 내리그었다.

서거걱!

촤아아아!

한 번의 참격과 함께 존재의 형상이 떠올라 있던 기운의 와류가 짓이겨지고 뭉개졌다.

흐릿하게 보이던 명계의 존재의 형상이 깨진 거울처럼 산산이 부서졌고.

촤아아아!

콰르르르!

하늘이 무너지는 것과 같은 뇌성벽력이 쏟아졌다.

신마동 자체가 무너질 것 같은 거대한 충격파가 발생하며 주변을 휩쓸었지만, 유신운은 발을 디딘 곳에서 조금의 흔들림도 없이 서 있었다.

　혼란은 곧이어 잠잠해졌다.

　그리고 유신운의 눈앞에 선명한 공간의 균열이 나타나 있었다.

　거대한 손톱으로 허공을 찢어 상처를 낸 듯한 모습이었다.

　상처 속에서 끔찍하기 그지없는 명계의 기운이 미친 듯이 쏟아지고 있었다.

　그리고 다음 순간.

　처척.

　유신운은 조금의 망설임도 없이 그곳으로 발걸음을 옮겼다.

　우우웅!

　우웅!

　유신운을 집어삼키자 흉흉한 공간의 균열이 천천히 그 입을 다물었다.

　　　　　　　　　　　　⌵

　"크아아악!"

　누군가의 고통에 찬 신음이 염왕궁(閻王宮)을 진동시켰다.

　집기가 부서지는 시끄러운 소리가 집무실 중 한 곳에서 울려 퍼졌고.

"워, 월직사자님, 괜찮으십니까?"

아귀(餓鬼)의 형상을 하고 있는 녹사(錄仕) 하나가 깜짝 놀라 월직사자(月直使者) 포궐(暴獗)의 방문을 열고 들어왔다.

명부의 권속인 녹사는 이내 난장판이 되어 있는 방 안의 모습을 보고는 식겁했다.

"헉!"

하지만 그를 더욱 놀라게 한 것은 방 한편에서 살기를 내뿜고 있는 포궐의 모습이었다.

염왕(閻王)을 제외하면 명계에서 그 누구도 상대할 수 없다는 삼사자(三使者) 중 최강인 포궐의 눈 한쪽에 칼에 베인 듯한 상처가 나 있었던 데다가 그 상처에서 푸른 피까지 줄줄 흐르고 있었던 것이다.

"꺼져라!"

"예, 옙!"

곧이어 터져 나온 포궐의 포효에 얼굴이 하얗게 질린 녹사는 도망치듯 방을 빠져나왔다.

녹사가 사라지자 포궐은 이를 빠득 갈며 아직 피가 흐르는 자신의 상처에 손을 가져다 대었다.

포궐의 기운이 닿자 상처는 이내 아물었지만, 그 자국은 선명하게 남았다.

"빌어먹을! 한낱 미물인 인간 놈 따위가! 감히 나에게!"

포켈은 차오르는 분노로 제 몸을 떨었다.

인간 따위에게 상처를 입다니, 평생 처음 겪는 수모였다.

'젠장. 일이 이렇게 될 줄이야.'

그는 점점 꼬여만 가는 상황에 머리가 터질 지경이었다.

월직사자는 죽음이 가까워져 온 인간에게 강림하여 그 혼백을 저승으로 인도하는 명계의 신장이었다.

염왕을 제외하면 그 누구도 간섭할 수 없는 높은 직책이었지만, 무한한 세월을 거듭하며 포켈은 불만이 쌓여 갔다.

─왜 내가 명왕의 종노릇을 해야 하는가.

무소불위의 권력을 지닌 염왕에 대한 시기였다.

그러던 그때, 혼백을 인도할 때를 제외하곤 절대 교류할 수 없는 인계의 문이 열렸다.

그리고 그곳에서 인간이되 인간이 아닌, 불길하기 그지없는 사안(蛇眼)을 지닌 존재가 나타났다.

─염왕의 자리가 탐나지 않소? 난 선계와 인계를 집어삼킬 테니, 당신은 명계를 가지시오.

놈은 인간의 혼백을 흡수하여 힘을 증가시키는 방법을 전해 주었다.

그리고 그와 맹약을 맺을 존재를 인계에서 골라내었다.

'제물이 조금만 더 있었다면 염왕도 꺾을 수 있었거늘……'

한참을 분을 토해 내던 포퀄은 자신의 한쪽 눈을 번뜩였다.

그의 동공이 검은색으로 물들더니, 그의 눈앞에 멀찍이 떨어진 곳의 광경이 비추기 시작했다.

콰가가가…… 콰아앙!

거대한 폭음과 함께 주변의 모든 것이 산산이 부서지고 있었다.

염왕이 두 인간의 혼백과 싸움을 벌이고 있었다.

'명왕이 최대한 힘을 아끼며 싸우고 있다고는 하지만 저리 오래 버틸 수 있다니, 저 인간 놈들은 대체……'

하지만 감탄도 잠시 포퀄은 차갑게 가라앉은 머릿속으로 생각을 정리했다.

'저들의 싸움이 끝나기 전에 놈을 죽여야 한다. 그렇지 않으면 진상을 파악한 염왕에게 내가 죽음을 맞이할 터.'

그러던 그때, 포퀄의 뇌리에 자신에게 상처를 준 인간의 목소리가 다시금 울려 퍼졌다.

－개소리 그만 지껄이고 넌 얌전히 목이나 닦고 기다려라.

참을 수 없는 분노가 다시금 들끓기 시작했다.

'미물 따위가 제 분수를 모르고!'

그는 검게 물든 눈으로 염왕에게서 시선을 떼고 명계에 발을 디딘 존재의 위치를 파악하였다.

처척.

그리고 잠시 후, 월직사자 포귈이 거대한 몸을 직접 일으켰다.

'내가 직접 처리해 주마.'

그의 전신에서 끔찍한 살기가 폭주하듯 쏟아지고 있었다.

'여기가 명계인가.'

균열을 벗어나 명계에 첫발을 디딘 유신운은 주변을 살폈다.

자신의 키를 훌쩍 넘어서는 거대한 나무와 수풀이 주변을 온통 감싸고 있었다.

죄를 지어 지옥에 끌려온 이들이 펄펄 끓는 기름 탕에서 고통을 받고 있지 않을까 했던, 그의 상상과는 완전히 달랐다.

'전체적으로 현실과 거의 비슷하지만……'

잿빛으로 물든 하늘과 정체를 알 수 없는 수많은 반딧불이 한낮에도 허공을 어지럽게 맴돌고 있다는 것.

'그리고 사람의 흔적이 하나도 없다는 것 정도겠군.'

인간이 완전히 멸종되고 자연만이 남는다면 이러할까.

시선이 닿는 모든 곳에 인간의 손길이 전혀 닿지 않은 천연의 자연의 모습이 펼쳐져 있었다.

스스스.

그러던 찰나, 등 뒤에 펼쳐져 있던 차원 간 균열이 사라졌다.

회월의 검파를 감싸고 있던 검은 명주실 또한 한 올 한 올 풀리며 완전히 사라졌다.

'자, 그럼.'

작게 공명하는 회월을 검갑에 회수한 후, 유신운은 가볍게 진각을 박차며 가장 높은 나무 위로 몸을 날렸다.

나무 꼭대기에 선 유신운은 사방을 넓게 살폈다.

'저곳에 가면 자연히 천마의 위치를 알게 되겠군.'

그리고 서쪽 너머의 시야 끝에 장엄하게 세워진 성채를 확인할 수 있었다.

우우웅!

곧이어 유신운의 전신에서 조화신기가 넘실거리기 시작했고 파앗, 하는 짧은 파공성과 함께 울창한 숲길을 뚫고 유신운이 엄청난 속도로 질주하기 시작했다.

흐릿하게 윤곽만 보일 정도로 성채는 멀리 떨어져 있었지만, 이와 같은 속도라면 반 시진 정도면 도착할 수 있을 터였다.

퍼퍼펑!

콰가강!

눈앞에 걸리적거리는 것들은 모조리 박살 내며 앞만 보고 달려가고 있었기에, 마치 폭풍에 휩쓸리듯 나무와 수풀들의 잔해들이 주변에 날렸다.

그리고 그렇게 이각 정도를 달려가던 찰나였다.

콰아아!

파아앗!

'온다!'

갑작스레 느껴지는 맹렬한 기운의 파동에 유신운이 가볍게 몸을 틀었다.

그러자 다음 순간.

쿠우우!

콰가강!

그가 피하기 전 방금 서 있던 자리가 운석이라도 떨어진 듯, 깊게 패며 모래 먼지가 피어올랐다.

일보 만에 거리를 벌린 유신운은 어느새 한 손에 회월을 다시금 꺼내 들고 있었다.

"취익! 멈춰라!"

"감히 어떤 놈이 신성한 영림(靈林)에서 이리 소란을 피우는 것이냐!"

서서히 모래 먼지가 걷히며 거대한 크기를 지닌 두 존재의 모습이 드러났다.

그들을 차가운 눈으로 지켜보던 유신운의 눈에 이채가 떠올랐다.

'……미노타우르스?'

그가 그렇게 착각할 만도 하였다.

유신운을 죽일 듯이 노려보고 있는 두 괴물은 사람의 머리가 아닌 소와 말의 머리를 달고 있었기 때문이었다.

"취익! 우두(牛頭), 무언가 이상하다."

"맞다, 마두(馬頭). 저놈 혼백들의 울부짖음을 그대로 버티고 있다."

두 괴물은 명계의 기운을 폭사하면서도 서로 고개를 갸웃하며 유신운의 존재에 대한 의문을 표하고 있었다.

키에엑!

크르르!

그런 찰나, 뒤늦게 푸른 눈과 검은 몸을 지닌 야차들과 타오르는 붉은 머리털을 지닌 인괴(人傀)들이 몰려 왔다.

유신운이 지난 전투에서 상대했던 지옥수(地獄獸)와 나찰사(羅刹娑)들이었다.

'몸에 두른 갑옷과 무기…… 이놈들의 정체가 뭔지 대충 알겠군.'

나찰사가 옥졸이라면 이들은 명계에서 그들을 이끄는 장군이리라.

"취익, '또' 이상 혼백인가."

"이번에는 제대로 제압해서 염왕께 데려가자, 마두."

우두와 마두가 두 눈에 살기를 번들거리며 나누던 대화를 조용히 듣고 있던 유신운이 무언가를 눈치채곤 나직이 말을 꺼냈다.

"'또'라……. 자세하게 말해 봐."

그들의 대화에서 나온 이상 혼백이 천마임을 알아차린 것이다.

"취익! 건방지다! 인간 따위가!"

"우리에게 명령할 수 있는 건 지고하신 염왕님뿐이다!"

파바밧!

타앗!

유신운의 말에 분노를 뿜어내며 우두와 마두가 거대한 신형을 날렸다.

장군이라는 직위를 가벼이 얻은 것이 아닌 듯, 그들이 지닌 힘은 결코 약하지 않았다.

보보마다 잔상을 남기며 찰나 만에 유신운의 지근거리에 당도한 두 괴물은.

쐐애액!

콰가가가!

각자 뽑아 든 거대한 창과 도를 유신운에게 맹렬히 휘둘렀
다.

우우웅!

그르르!

창날과 칼날에 정돈된 명계의 기운이 마치 검기처럼 날카
롭게 형상화되어 있었다.

"말이 안 통한다면 어쩔 수 없지."

자신에게 쇄도하는 칼날을 보며 유신운이 몸을 움직이기
시작했다.

'적을 벤다.'

스아아!

촤아아!

회월에 의념을 심음과 동시에 검날에 소검환들이 떠올랐
고 곧이어 폭풍처럼 어지럽게 회전하기 시작했다.

뇌운십이검 신운류.

일초 십육연격(十六連擊).

진 뇌운귀살(眞 雷雲鬼殺).

유신운이 몸을 팽이처럼 돌며 검격을 쏟아 내기 시작하자
초승달 모양의 충격파가 휘몰아치기 시작했다.

"크윽!"

"커걱!"

인간의 혼백 따위 가볍게 제압하려던 마두와 우두는 식겁
하며 다급히 제 무기를 휘둘렀다.

하지만 수없이 쏟아지는 충격파들을 전부 막아 내는 것은
불가능했다.

서걱!

서거걱!

섬뜩한 절삭음과 함께 그들의 전신에 크고 작은 상처들이
문신처럼 새겨지기 시작했다.

나찰사들은 자신들의 상관이 낭패를 당하고 있었지만 달
려들 생각조차 하지 못했다.

충격파에 휩쓸리는 즉시 자신들은 튕겨 내지도 못하고 고
깃덩이 신세가 될 것이 뻔했기 때문이었다.

'일단 이정도면 정신은 차리겠지.'

천마의 행방에 대한 답변을 들어야 했기에, 유신운은 공격
을 멈추었다.

"허억, 헉."

"취익. 취익."

쏟아지던 충격파가 멈추자 땀을 뻘뻘 흘리던 우두와 마두
가 신음을 흘리며 자리에 멈추어 섰다.

"자, 그럼⋯⋯."

하지만 막대한 힘의 격차를 보여주었으니, 상황이 끝을 맞

이하리란 유신운의 예상은 완전히 어긋났다.

마두와 우두는 탐욕으로 번들거리는 눈으로 유신운을 바라보고 있었다.

"이놈…… 혼백이 아니야. 육신을 그대로 지니고 명계로 넘어왔다."

"육신!"

'이놈들…….'

두 괴물의 눈빛은 어느새 진한 광기로 일그러져 있었다.

"몸을 다오!"

"육신을 내놔라!"

"……그런 악취미는 갖고 있지 않은데?"

두두두두!

콰가가!

유신운이 육신을 지녔다는 말을 듣자, 우두와 마두뿐 아니라 나찰사와 지옥수들마저 그에게 미친 듯이 달려들었다.

'후우, 어쩔 수 없군.'

자신에게 몰려드는 괴물들을 바라보며 유신운이 고개를 가로저었다.

어느새 천마의 취임식까지 남은 시간은 네 시진도 채 남지 않았다.

그 안에 천마의 혼을 구하여 밖으로 나가야 천마의 육신이 소멸하는 것을 막을 수 있었다.

'이놈들을 빠르게 처치하고 염왕에게 가 보아야겠군.'

우우웅!

우웅!

순간 유신운의 전신에서 조화신기가 날뛰기 시작하였다.

유신운의 발치에 다섯 개의 소환진이 모습을 드러내었다.

카캉!

카가가!

그리고 소환진에서 모습을 드러낸 다섯 흑골괴(黑骨怪)가
유신운을 향해 쏟아지는 공격을 완벽히 막아 내었다.

"취익! 이건!"

"뭐, 뭐냐. 이놈들은?"

스켈레톤 마스터, 북리겸.

스켈레톤 엠퍼러, 4인.

즉 절명검군 담풍, 아미파의 멸절사태, 낭왕 마호욱, 전대
사파련주, 사도공이었다.

스켈레톤들이 각자의 무공을 사용하며 적들을 해치우던
그때였다.

우우웅!

우웅!

'어라?'

갑작스레 유신운이 전혀 예상치 못한 일이 발생했다.

시끄러운 공명음과 함께 잿빛 하늘에 흩날리던 반딧불들

이 미친 듯이 스켈레톤들에게 달려들기 시작한 것이다.

"취익, 혼백들이 왜?"

"아, 안 돼!"

그 광경을 목격한 우두와 마두가 무슨 이유에선가 당황하여 어찌할 바를 모르고 있었다.

'그냥 반딧불이 아니었나?'

유신운은 그제야 하늘의 반딧불들이 바로 명계로 끌려온 영혼들이란 사실을 깨달았다.

유신운은 스켈레톤의 몸에 날아드는 혼백들이 전투에 방해가 될까 생각했지만.

상황은 완전히 다른 방향으로 전개되기 시작했다.

팅! 티팅!

혼백들이 스켈레톤에 달려들었지만 스며들지 못하고 모두 튕겨져 나가고 있었다.

그와 동시에 유신운의 눈앞에 일련의 시스템 메시지가 연이어 떠오르고 있었다.

[플레이어의 소환수, '스켈레톤 마스터'가 신체를 장악하려는 혼백의 침투를 완벽히 방어해 냈습니다.]

[플레이어의 소환수, '스켈레톤 엠퍼러'가 신체를 장악하려는 혼백의 침투를 완벽히 방어해 냈습니다.]

[히든 조건을 만족하였습니다. 플레이어의 소환수가 새로

운 스킬을 획득합니다.]

　우우웅!
　우웅!
　'……저건?'
　스켈레톤들을 바라보던 유신운의 눈이 커다랗게 떠졌다.
　몸을 찬탈하려 달려들던 혼백들이 이제는 튕겨 나가지 않
았다.
　식충식물이 벌레를 집어삼키는 것처럼 모조리 체내에 흡
수를 시켜 버리고 있었던 것이다.

　[플레이어의 소환수, '스켈레톤 마스터', '스켈레톤 엠퍼러'
가 새로운 고유 특성 '영자포식(靈子捕食)'을 획득하였습니다.]
　[소환수들이 스킬, '영자포식'을 자동 시전합니다.]

　[영자포식]
　망자의 몸을 찬탈하려는 혼백을 스켈레톤의 체내에 가두어
빠져나가지 못하게 하고 그 힘을 흡수합니다.

　스켈레톤들이 전신에서 거대한 기운을 내뿜고 있었다.
　놀랍게도 조화신기에 명계의 기운이 함께 어우러지고 있
었다.

완벽하게 하나로 합쳐진 것은 아니었지만 분명히 두 기운이 서로를 더욱 강대하게 만들어 주고 있었다.

-따닥!

-따다닥!

다섯 흑골괴가 넘쳐나는 힘을 참지 못하고 포효하듯 턱뼈를 부딪치고 있었다.

콰가가!

서거걱!

-키에엑!

-쿠에에!

본래 조화신기에 큰 강점을 지니고 있던 나찰사와 지옥수들이 새로운 힘을 얻은 스켈레톤들에게 가볍게 처치당하고 있었다.

"취익! 뭣들하고 있냐!"

"혼백이 더 사라지면 염왕께 우리가 죽을 것이다! 얼른 저놈들을 죽엿!"

마두와 우두가 슬슬 뒷걸음질 치는 수하들에게 무기를 휘두르며 소리쳤다.

하지만 자신들과 같은 힘을 사용하는 스켈레톤들에게 놈들은 잔뜩 겁을 집어먹어 제자리에 꽁꽁 몸이 얼어 버렸다.

하지만 스켈레톤들의 강화는 아직 끝이 난 것이 아니었다.

[플레이어의 소환수, '스켈레톤 마스터', '스켈레톤 엠퍼러'
가 새로운 고유 특성 '영자병장(靈子兵裝)'을 획득하였습니다.]

　[영자병장]
　-혼백을 완전히 분해한 후, 다시금 무구의 형태로 재구성시
킵니다.
　-무구는 생전에 망자가 사용하던 무기의 형태를 띠며 성능
이 크게 각성됩니다.
　-일회성이며 다음번에 다시금 영자병장을 소환하려면 그만
큼의 혼백의 양이 더 필요합니다.

　스켈레톤들이 지니고 있던 뼈 무구들에 혼백이 깃들며 형
상이 변화되기 시작했다.
　스켈레톤들이 흡수한 혼백들이 미세한 영자(靈子)로 분해
되더니, 이내 생전에 사용하던 무구의 형태로 재구성된 것
이다.
　우우웅!
　우웅!
　영자병장으로 탈바꿈된 무구들에선 유신운이 지닌 보패와
도 비등할 법한 막대한 기운이 샘솟고 있었다.
　'쩝, 주인보다 명계의 힘을 먼저 다루게 되다니. 아쉽지만
뭐 좋은 게 좋은 거니까.'

더욱 손쉽게 적들을 쓸어버리고 있는 다섯 스켈레톤들을 바라보며 유신운이 전투 상황에 어울리지 않게 제 뒷머리를 긁적이고 있었다.

4장

한 줄기의 빛도 없는 암흑 속에서.

"허억, 헉."

"끄응."

고통에 찬 신음과 깊은 침음이 동시에 흘러나오고 있었다.

고강한 마기와 사기가 동시에 요동치고 있는 가운데······.

"아니, 그게 아니라니까."

답답함이 가득 담긴 유신운의 목소리가 울려 퍼졌다.

"후, 잠깐 둘 다 멈춰 봐."

이어진 유신운의 한마디와 함께 계속된 수련에 지쳐 온몸이 땀에 흠뻑 젖은 천서린과 주태명이 자리에 털썩 주저앉았다.

두 사람은 거의 탈진에 가까운 상태였다.

원인은 하나.

유신운의 가르침이 정신이 혼미해질 정도로 과격했기 때문이었다.

본신은 신마동으로 향하며 유신운은 분신 한 개체와 주태명을 천서린이 갇힌 뇌옥으로 이동시켰다.

그리고 그곳에서 두 사람의 무공과 사령술을 발전시키고 있었던 것이다.

완전히 퍼져 버린 두 사람을 보며 연신 혀를 차고 있던 유신운이 다시금 말을 이어 나갔다.

"자, 천마신공의 후반결은 이렇게."

유신운이 가볍게 일보를 뻗으며 앙상한 나뭇가지 하나를 검처럼 휘둘렀다.

스아아!

그러자 암굴 안에 맹렬한 기운의 파동이 퍼져 나갔다.

바깥에 들키지 않도록 가장 약한 수준으로 조절해 펼친 천마신공이었지만.

깨달음과 정수가 완벽히 담긴 그의 일초를 바라보며 천서린은 아, 하는 짧은 탄식을 흘려 내었다.

이어 검무를 마친 유신운은 그대로 주태명에게 다가가 그의 어깨에 손을 올려놓았다.

"사령술을 사용할 때는 서클의 기운을 이런 흐름으로 운용하면 된다니까."

촤아아!

그러곤 주태명의 몸에 조화신기를 흘려보내 기운의 활로를 다시 한번 각인시켜 주었다.

그 와중에 몸속에 남아 있던 노폐물들을 삼매진화처럼 완전히 태워 버려 주자 주태명 또한 천서린과 마찬가지로 탄식을 흘렸다.

너무나도 쉽게 모든 힘을 펼쳐 보인 유신운은 고개를 가로저으며 나직이 말을 꺼냈다.

"이봐, 얼마나 쉬워."

'하나도! 하나도 안 쉬워요……!'

'후, 천재의 가르침을 따라가기란 여전히 쉽지 않군.'

그 말을 들은 두 사람은 자신들의 표정이 보이지 않아 참으로 다행이라 생각하며 속으로 억울함을 표출했다.

하지만 그들이 그렇게 고생하는 만큼 성취는 놀랍도록 빨랐다.

천서린은 항상 지쳐 쓰러졌던 천마신공 후반결의 벽을 드디어 넘어섰고, 주태명은 사령술사로서 능숙하게 스킬들을 조합하여 사용할 만큼 숙련도가 비약적으로 상승하여 있었다.

-후, 좀만 힘내십시오, 소교주님.

-괜찮아요, 아저씨.

-가주의 엄한 가르침이 가히 천마님과 비견할 수 있을 듯합니다.

-……아뇨, 더 심한 것 같아요.

유신운이 다시금 일장 연설을 시작한 찰나, 전해져 온 주태명의 전음에 천서린이 답했다.

-아저씨는 괜찮으신가요?

-허허, 이 나이에 술법사가 될지는 전혀 몰랐지만, 전혀 새로운 공부를 해 나가는 것이 썩 재밌기는 합니다.

-그런가요? 정말 다행이…….

조용히 두 사람이 찰나의 꿀 같은 휴식을 즐기던 그때.

"어쭈, 둘이 전음으로 뭐라고 쑥덕거리고 있는 거지?"

유신운의 날카로운 눈빛이 그들을 향했다.

천서린과 주태명은 늑대를 만난 어린 양처럼 화들짝 놀랐다.

"아직 힘이 남아도나 보네. 좋아, 더 빡세게 굴려주지."

"아, 아뇨. 그게 아니라."

"크흠. 가, 가주."

두 사람이 식겁하며 유신운을 만류하려던 그 순간.

"……이런, 벌써?"

갑작스레 움찔한 유신운이 제 미간을 찌푸렸다.

"예? 그게 무슨?"

"소교주님."

천서린이 고개를 갸웃하며 답하자 곁에 있던 주태명 또한 무언가를 느꼈는지 그녀의 입을 막았다.

저벅저벅.

목소리를 낮추자 멀리서 선명한 발소리가 들려오고 있었다.

천서린과 주태명은 당혹감을 숨기지 못했다.

천마신공의 구결을 듣기 위해 천진중이 올 시간은 한참 남아 있었기 때문이었다.

순식간에 유신운은 위장한 모습으로 변화했고 주태명은 스킬을 시전해 암굴을 빠져 나갔다.

천서린 또한 감금되어 있던 본래의 피폐한 모습으로 분했다.

드그그극.

그때 천장을 막고 있던 거대한 암석이 치워졌다.

"죄인을 끌고 나와라!"

파고드는 날카로운 빛줄기와 함께 마교 무사의 목소리가 울려 퍼졌다.

"윽, 갑자기 무슨 일입니까?"

소매로 눈을 가리며 유신운이 무사에게 질문했다.

그러자 마교의 무사가 굳은 표정으로 생각지 못한 말을 꺼냈다.

"천마님의 취임식이 앞당겨졌소."

"끄극!"

"컥!"

서거걱!

우두와 마두의 단말마의 비명과 함께 섬뜩한 절삭음이 울려 퍼졌다.

이어 그들의 이름과 같은 거대한 두 머리가 땅에 떨어져 나뒹굴었다.

스르릉.

스켈레톤 마스터가 영자병장의 칼날에 붙은 푸른 피를 무감정하게 털어 냈다.

스켈레톤 엠퍼러들도 나찰사와 지옥수들을 모조리 도륙해 놓은 상태였다.

하지만 전투를 끝마친 유신운의 표정을 밝지 않았다.

그는 굳은 얼굴로 생각에 잠겨 있었다.

'갑자기 취임식이 앞당겨지다니, 무슨 일이지?'

그는 분신을 통해 현재 천서린의 상황을 실시간으로 전해 들었다.

취임식이 진행되면 천마의 육신이 불에 타 사라지게 될 터였다.

'시간이 정말 없다.'

유신운은 이제 방법이 하나밖에는 없다는 사실을 깨달았다.

'은밀히 성안으로 침투할 시간도 없다. 명왕이란 놈과 싸우는 한이 있더라도, 최대한 빨리 천마의 영혼을 구해야 해⋯⋯!'

무림세가
전생령거

전면전을 불사할 각오를 한 후, 유신운이 조화신기를 끌어
올렸다.

그러자 지면에 소환진이 새겨지며 그 안에서 거대한 형상
이 나타났다.

－냥냥!

오랜만에 주인을 만난 영수(靈獸), 흑점이가 애교를 부리며
머리를 비볐다.

유신운은 머리를 쓰다듬어주며 말을 꺼냈다.

"더 놀아 주고 싶지만 아쉽게도 시간이 없구나. 최대한 빨
리 저곳으로 가야 한다. 할 수 있겠니?"

－냥!

그러자 자신만 믿으라는 듯 흑점이가 경쾌하게 울음소리
를 냈다.

그에 유신운이 흑점이의 등에 올라탄 그때였다.

우우우웅!

콰가가가!

조금의 전조도 없이 가공할 기운을 담고 있는 충격파가 유
신운이 서 있던 자리를 강타했다.

뒤이어 거대한 폭음이 울려 퍼졌고 피어오른 모래먼지가
걷히자 드러난 공간은 처참하게 박살이 나 있었다.

－크르릉!

흑점이의 분노에 찬 울음이 울려 퍼졌다.

공격이 쏟아지기 직전 흑점이는 유신운을 태운 채, 질풍과 같은 빠르기로 회피를 한 상태였다.

　'저놈은…….'

　유신운과 흑점이의 눈빛이 허공의 한편을 향하여 있었다.

　놀랍게도 백마(白馬) 한 필이 하늘을 땅처럼 짚고 서있었다.

　마구는 화려하게 장식되어 있었다. 굴레에서 재갈 쪽으로는 면식이 늘어뜨려져 있었고, 가슴걸이에는 사특한 기운을 내뿜는 적색 마령(馬鈴)을 달고 있었다.

　살기를 내뿜고 있는 붉은 동공에 초록 자위의 눈이 놈이 이승의 짐승이 아님을 말해 주고 있었다.

　그리고 백마의 안장에 앉은 존재는 적색 천의와 갈색 상의. 금니능화문이 시문된 요의와 후두에 양각이 높게 꽂힌 익선관을 쓰고 있었다.

　"인간 놈. 결국 이곳까지 왔구나."

　세상을 태워 버릴 것 같은 지독한 악의를 담아 노려보고 있는 놈과 유신운의 시선이 한데 마주쳤다.

　[히든 퀘스트의 내용이 갱신되었습니다.]

　[명계(冥界)의 혼돈]

　그릇된 욕망을 가지고 명계를 혼돈으로 빠뜨리고 있는 월직 사자, 포컬을 처치하십시오.

결코 방심하면 안 됩니다.

그는 한낱 차사의 힘만을 지닌 것이 아닐 테니…….

보상 : ?

그와 동시에 유신운이 지니고 있던 퀘스트가 새로운 내용
으로 갱신되었다.

유신운은 자신의 눈앞에 나타난 존재가 주유가 힘을 빌렸
던 존재임을 깨달았다.

'오히려 잘됐다고 해야 하나.'

스르릉!

우우웅!

유신운은 흑점이에 그대로 올라탄 채, 다시금 회월을 뽑아
들었다.

'감히 나와 싸워 보기라도 하겠다는 건가? 하, 어이가 없
을 지경이군.'

전투태세를 갖추고 당장이라도 자신을 향해 달려들려는
유신운을 보며 자신이 무시당했다고 생각한 포궐은 참을 수
없는 분노가 들끓었다.

"건방진 놈! 인간 따위가 감히 내게 상처라도 낼 수 있을
것 같더냐!"

버럭 포효를 내뿜는 포궐을 유신운은 무표정으로 바라보
다가 한마디를 툭 내뱉었다.

"이미 상처는 내준 것 같은데?"

"……!"

유신운이 손가락을 들어 포퀼의 눈가의 상처를 가리켰다.

그의 말마따나 눈가의 상처는 분명히 상대가 남긴 상흔이었다.

상대가 정통으로 꽂아 넣은 진실에 잠시 할 말을 잃었던 포퀼이 이내 이를 빠득 갈며 말을 꺼냈다.

"이건 잠시 방심을 했을 때 네놈이……!"

"천마는 어디에 있지?"

하지만 유신운은 녀석의 변명을 단칼에 자르며 천마의 행방을 물어보았다.

포퀼은 발끈하여 욕지거리를 쏟아 낼 뻔했지만 겨우 흥분을 가라앉혔다.

그러곤 상황을 자신이 이끌어가기 위해 나직이 말했다.

"클클, 어이가 없군. 그까짓 별종의 혼을 위해 이곳에 왔단 말인가."

"거참 말 많네. 닥치고 물은 것에 답이나 해라."

하지만 이어진 유신운의 도발에 포퀼은 결국 제 화를 참아 내지 못했다.

"건방진 놈! 제 주제를 알고 입을 놀려라!"

쿠르르르!

콰가가!

포켈의 일갈과 함께 하늘에 펼쳐져 있던 구름이 산산이 부서졌다.

그와 동시에 신이 짓누르는 것과 같은 거대한 위압감이 유신운에게로 쏟아지고 있었다.

하지만 유신운은 조화신기를 끌어 올리는 것만으로 상대의 힘을 모조리 해체해 버렸다.

'……무슨?'

전혀 예상치 못한 상황에 포켈이 얼굴에 당혹감을 숨기지 못했다.

'압도적인 격의 차이가 있을 터인데, 어찌?'

기운을 사용하는 데에 제약도 없는 명계에서 고작 인간 따위가 자신의 힘을 소멸시키다니.

절대 있을 수 없는 일이었기 때문이었다.

하지만 그가 정신을 차리기도 전에.

"역시 말로는 안 되겠군."

파바밧!

촤아아아!

흑점호가 유신운을 태운 채, 전광석화와 같은 속도로 포켈에게 돌격했다.

쐐애애액!

서거거!

"헉!"

매질로 입을 열게 해 주겠다는 뒷말과 함께 어느새 도착한 유신운의 회월이 포귈의 정수리를 쪼개버릴 기세로 내리꽂히고 있었다.

놀란 백마가 뒤로 미끌어지듯 빠졌고.

"크윽!"

포귈은 등에 매고 있던 명월첨창(冥月尖槍)을 다급히 뽑아들어 공격을 막아 내었다.

콰가가가가!

콰아아앙!

검과 창이 맞부딪친 것뿐이거늘, 하늘이 무너져 내리는 것 같은 거대한 뇌성이 터져 나왔다.

콰아아!

콰가가강!

굉음은 끝없이 이어졌다.

흑점호와 백마의 속도가 어찌나 빠른지, 천둥이 내리꽂히는 것처럼 검은 섬광과 푸른 섬광이 번쩍이는 것밖에는 보이지 않았다.

'말도 안 돼. 인간 따위가 나와 대등한 힘을 지니고 있다고?'

검과 창이 교차할수록 포귈의 표정이 차갑게 식어 갔다.

그는 애초에 유신운이 자신을 대적할 수 있을 것이라는 생각조차 않고 있었다.

그저 벌레를 짓이겨 죽이려는 가벼운 마음 정도로 몸을 움직인 그는 시간이 흐를수록 한 번도 느껴보지 못한 이상한 감정이 고개를 드는 것을 알아차리고 있었다.

좌아아!

서거걱!

"히이잉!"

'이런!'

그런 찰나, 회월의 칼날이 백마의 오른 다리에 커다란 상처를 남겼다.

푸른 피를 뚝뚝 흘리는 백마가 고통에 찬 신음을 쏟아 냈다.

'크윽! 어쩔 수 없다!'

이대로는 안 된다는 감정이 든 포귈이 대뜸 허리 어림에 묶여있던 두루마리 하나를 옆으로 던졌다.

'저건?'

갑작스러운 행동에 유신운이 미간을 좁히며 뒤로 물러났다.

좌라라라!

사명부(死命簿)가 하늘에 펼쳐지며 결코 현세의 것이 아닌 글자들을 폭우처럼 쏟아 내고 있었다.

거리를 벌린 유신운은 한눈에 보아도 인세의 것이 아닌 문자들을 침착하게 지켜보고 있었다.

'단순한 형상이라기에는 글자 하나하나에서 느껴지는 기

운이 심상치 않아.'

명계의 기운의 결집체라 할 수 있으리라.

'스킬을 봉인한 물건인가?'

유신운은 상대의 물건이 현대에서 다른 헌터들이 사용하던 스크롤의 구조와 매우 흡사하다는 것을 깨달았다.

유신운이 뒤이어 펼쳐질 상황에 촉각을 곤두세우고 있을 때.

-냐냥!

그를 태우고 있는 흑점이는 이채가 떠오르는 눈빛으로 기운의 와류를 바라보며 울음소리를 내었다.

'으응?'

그에 유신운은 가볍게 고개를 갸웃했다.

녀석의 울음이 맛있는 음식을 보았을 때 군침을 다시던 때와 똑같았기 때문이었다.

그러는 찰나, 흩어졌던 글자들이 모래가루처럼 부서지더니 이내 포쾰에게 쏟아졌다.

'됐다!'

사명부의 기운을 모두 흡수한 포쾰은 언제 그랬냐는 듯 다시금 기세등등해져 있었다.

그는 창을 들지 않고 있는 한쪽 손을 펼쳐 보였다.

우우웅!

우웅!

그러자 그의 손 위에서 명계의 기운이 작은 소용돌이의 형
상으로 휘몰아치고 있었다.

　"죽어라!"

　촤아아아!

　쐐애액!

　포귈이 손을 뻗자 파공성과 함께 유신운에게 거대한 충격
파가 쏟아졌다.

　휘리리링!

　무형의 기운은 유신운에게 다가갈수록 빠르게 형상을 갖
추기 시작했다.

　그그극!

　그그그그!

　수천의 고리 형태의 칼날들이 황금빛으로 빛나고 있었다.

　그리고 칼날들은 제 몸에 닿는 모든 것들을 흔적도 없이
분쇄하고 있었다.

　포귈이 그 모습을 보며 웃음을 터뜨렸다.

　"하하! 참회륜(懺悔輪)으로 고깃덩이로 만들어 주마!"

　사명부는 유신운이 예측한 것처럼 스크롤과 비슷한 효과
를 지니고 있었다.

　염왕이 네 명의 차사들에게 그의 권능 중 하나인 명주(冥
呪)의 편린을 새겨 넣어 준 기보였던 것이다.

　유신운은 날아드는 참회륜을 향해 회월을 휘둘렀다.

채채챙!

채챙!

참회륜과 회월의 칼날이 교차할 때마다 불꽃이 튀었다.

검격이 늘어 갈수록 유신운의 입에서 작은 침음이 흘러나왔다.

고리 하나하나에 압도적인 기운이 응축되어 있었기 때문이었다.

수천의 고리가 한꺼번에 쏟아지자 시야가 아무것도 보이지 않는 지경에 이르러 있었다.

그 모습을 지켜보던 포컬이 입꼬리를 비틀며 비릿한 미소를 지어 보였다.

그러고는 유신운을 향해 펼쳤던 손아귀를 움켜쥐었다.

"뇌명관(雷鳴棺)!"

좌라라라!

좌아아!

순간, 유신운을 집어삼켰던 참회륜의 고리들이 거칠게 진동하며 일제히 폭주하기 시작했다.

화르르르!

고리들이 고열로 끓어오르며 당장이라도 폭발할 듯이 울음을 토해 냈다.

뇌명관은 참회륜의 성질을 변화시켜 일시에 대폭발을 일으키는 명주였다.

수천의 고리가 동시에 폭발한다면 상대를 포함한 반경에 존재하는 모든 생명체가 죽음을 맞이하리라.

　하지만…….

　시간이 아무리 지나도 폭발을 일어나지 않았다.

　'이, 이게 무슨?'

　포궐은 표정에서 당혹감을 숨기지 못하고 있었다.

　"뇌명관! 뇌명관!"

　명주의 이름을 외치며 애꿎은 주먹을 폈다 움켜쥐기를 반복해 봤지만.

　와그작와그작.

　꿀꺽꿀꺽.

　"……?"

　귓가에 들려오는 것은 오로지 정체를 알 수 없는 소음뿐이었다.

　참회륜의 고리가 쏟아 내는 황홀한 황금빛이 빠르게 사라지고 있었다.

　그 속에서 무언가를 확인한 포궐의 얼굴이 당혹감을 넘어 경악으로 물들었다.

　와그작와그작.

　소음의 정체가 드러났다.

　'저 무슨?'

　흑점이가 참회륜들을 모조리 씹어 삼키고 있었다.

하지만 유신운 또한 놀란 것은 마찬가지였다.

'허, 설마 명계의 기운까지 흡수해 버릴 줄이야.'

흑점이가 기운을 흡수할 수 있는 권능을 지니고 있는 것은 알았지만, 그 기운의 분류에 명계의 기운까지 해당하는지는 전혀 몰랐기 때문이었다.

그러나 곧이어 '좋은 게 좋은 거지'라며 넘어가려던 찰나, 유신운의 눈앞에 시스템 메시지가 떠올랐다.

[플레이어의 영수, '흑점이'가 흡수한 기운을 주인에게 공유하려 합니다.]

['명왕기(冥王氣)'를 받아들이시겠습니까?]

생각지 않은 내용에 유신운의 눈에 이채가 떠올랐다.

'명왕기? 설마 저 스크롤에 깃들어 있던 힘이 명왕의 것이었나.'

잠시 고민하던 유신운은 이내 결정을 내렸다.

스아아!

흑점이의 전신에서 천천히 유신운에게로 명왕기가 전해져 왔다.

'후우.'

유신운은 자연스레 신음을 흘렸다.

그의 몸에 파고든 명왕기가 조화신기로 철저히 안정화시

켰음에도 그의 육신을 거칠게 뒤흔들고 있었다.

명왕의 기운이라는 이름만큼이나 기운의 성질은 난폭했고 위험했던 것이다.

탁!

그 순간, 유신운이 한쪽 발로 흑점이를 가볍게 쳐서 신호를 보냈다.

파아앗-!

파바밧!

그러자 흑점이의 신형이 신기루처럼 그 자리에서 사라졌다.

흑점이는 잔상조차 남기지 않고 전광석화처럼 포퀼에게 이동했다.

"흐억!"

갑작스레 자신의 눈앞에 등장한 유신운에 포퀼이 당황스러워하며 반사적으로 명월첨창을 휘둘렀다.

스윽!

하지만 유신운은 곧장 흑점이의 등에 몸을 누우며 공격을 가볍게 회피했다.

우우우웅!

우우웅!

어느새 회월의 검날에 조화신기가 아닌 선명한 명왕기가 깃들어 있었다.

'이, 인간이 어찌 명왕님의 힘을?'

그 사실을 뒤늦게 깨달은 포퀼이 당황스러워하는 찰나.

유신운이 호를 그리며 참격을 쏟아 내었다.

쐐애애액!

서거걱!

파공성과 함께 돌풍과 같은 충격파가 주변을 휩쓸고 지나
갔다.

후우우웅!

쿠쿵!

허공에서 거대한 물체가 힘을 잃고 땅에 추락하며 거대한
소음을 만들어 냈다.

푸슈슈!

목이 잘린 백마의 시체가 단면에서 푸른 피를 쏟아 내며
꿈틀거리고 있었다.

"허억, 헉!"

그리고 백마의 시체에서 멀리 떨어지지 않은 곳에 흙먼지
를 뒤집어쓴 포퀼이 식은땀을 흘리며 거칠게 숨을 고르고 있
었다.

휘이이!

처척!

유신운을 태운 흑점이가 가벼운 몸짓으로 여유롭게 땅에
착지했다.

유신운은 흑점이의 등에서 내린 후, 포쾰은 쳐다보지도 않고 자신의 손에 들린 회월을 바라보았다.

'칫, 역시 안 되는군.'

회월의 검날에서 넘실거리던 명왕기가 불안정해져 있었다.

'······후, 단전을 아예 두 개로 나누지 않는 이상은 이 기운도 사용할 수 없겠어.'

단전을 나누는 무공.

그것은 무당파의 양의신공(兩儀神功)이 유일했지만, 알다시피 무당파는 혈교에 의해 멸문해 버린 상태였다.

무당파의 잔존세력이 백운세가로 챙겨 온 비급 중에도 양의신공은 존재하지 않았다.

이후 유신운은 계속 다른 방법을 찾아보고 있었지만, 뚜렷한 해결책은 찾지 못한 상황이었다.

그러나 포기하기에는 명계의 기운과 명왕기가 너무나 매력적이었다.

'하지만 이대로 소멸하는 건 아까우니까······.'

유신운은 바람 앞의 촛불처럼 흔들리는 명왕기를 한 손에 모두 모았다.

그러고는 다시금 자신에게 전해 준 흑점이에게 명왕기를 불어넣었다.

─냐냥?

흑점이가 고개를 갸웃했다.

'잠시 네가 가지고 있으렴. 방법만 찾으면 다시 가져오면 되니.'

흑점이가 명왕기를 모두 빨아들이자 유신운은 녀석을 역 소환했다.

스르릉!

유신운은 회월에 다시금 조화신기를 쏟아부으며 몸을 돌렸다.

얼음장처럼 차가운 눈빛이 포켈을 향했다.

순간 포켈의 거대한 몸이 파르르 떨렸다.

한 번도 느끼지 못한 죽음에 대한 두려움이 그의 머릿속을 뒤흔들고 있었다.

'이, 이대로 죽을 순 없다.'

그는 최후의 수를 사용할 수밖에 없음을 깨달았다.

결단을 내린 포켈이 비장한 표정으로 품속에서 한 가지 물 건을 꺼내 들었다.

상황에 어울리지 않는 작은 거울이 그의 손에 들려 있었 다.

'이건 염왕을 끌어내리기 위해 숨겨 둔 것이지만……'

유신운은 상대가 또 다른 힘을 사용하려 하는 것을 곧장 깨달았지만.

'염왕기를 더 얻을 수 있으면 나야 좋지.'

오히려 좋은 일이라 생각하며 나직이 말을 꺼냈다.

"말해라, 염왕은 어디에 있지?"

"닥쳐라!"

하지만 포궐은 억지 포효를 터뜨리며 손에 쥔 거울에 자신의 모든 기운을 불어 넣었다.

스아아아!

좌아아!

힘을 받은 거울이 음험하기 짝이 없는 광채를 뿜어내기 시작했다.

영롱하면서도 흉포하기 그지없는 광채는 곧이어 포궐의 전신에 스며들었다.

으아아아!

꺄아아!

그와 동시에 고통에 찬 사람들의 귀곡성이 사방에 울려 퍼졌다.

'설마?'

유신운이 걸음을 멈추고 딱딱하게 굳은 얼굴로 포궐을 바라보았다.

그는 거울 속에 갇혀 있던 빛들이 바로 그에게 제물로 바쳐진 죄 없는 이들의 영혼임을 깨달았다.

유신운의 전신에서 거친 살기와 분노가 솟구쳐 오르기 시작했다.

"크하하! 되었다! 전신에 기운이 넘쳐흐르는구나!"

명왕에게 들키지 않기 위해, 업경(業鏡)에 몰래 보관해 두고 있던 수만의 영혼들을 모조리 흡수한 포궐이 포효를 내뿜었다.

콰르르르!

콰가가가!

명월첨창에서 쏟아지는 가공할 기운이 주변을 지진이라도 난 듯이 뒤흔들고 있었다.

포궐이 가만히 멈춰 서서 자신을 바라만 보고 있는 유신운에게 말을 꺼냈다.

"클클, 겁에 질리기라도 한 것이더냐? 왜 입을 다물고 있는 것이냐!"

"……."

하지만 유신운은 아무런 대답도 하지 않았다.

그는 생사(生死)를 꿰뚫는 눈으로 포궐의 육신 속에서 비명을 지르고 있는 이들을 가여운 눈으로 지켜보고 있을 뿐이었다.

'잠시만 기다려라.'

유신운은 자신이 쌓아 놓은 조화신기를 회월에 극한까지 불어넣기 시작했다.

우우우웅!

우우우우웅!

귀가 터질 것 같은 공명음이 터져 나왔다.

"……!"

다른 보패였다면 힘을 버티지 못하고 산산조각이 났을 정도의 기운이 회월의 안에서 쌓이고 있었다.

"그아아아!"

콰아아앙!

콰가가가!

순간, 진각을 박차며 포궐이 유신운에게로 달려들었다.

유신운의 힘이 결코 범상치 않음을 깨달은 것이다.

채채챙!

콰가강!

검과 창이 교차하며 폭음이 터져 나왔다.

아아아악!

꺄아아!

그럴수록 영혼의 비명 또한 소리가 높아지고 있었다.

검격이 교차할수록 한없이 오랜 시간을 고통받아 온 그들의 마음이 전해졌다.

저들을 구원하는 유일한 방법은.

"네놈의 목이리라."

회월에서 휘몰아치던 조화신기가 검을 빠져나왔다.

우우웅!

그러고는 유신운의 몸 주변에 또 다른 칼날의 형태로 형상화되기 시작했다.

기의 물질화가 이루어지고 있었다.

혼들을 구원하기 위해.

적을 쓰러뜨리기 위해.

유신운은 멈추어있던 조화경의 한계를 부수고 다음 경지로 올라섰다.

[플레이어가 조화경의 극의(極意)를 깨우쳤습니다.]

[일시적으로 '생사경(生死境)'의 초입에 돌입합니다.]

다섯 자루의 심검(心劍)이 유신운의 곁을 맴돌고 있었다.

'말도 안……!'

포퀄이 상대에게서 느껴지는 격의 차이에 경악한 순간.

푸푹!

푸푸푹!

"……!"

유신운의 의념이 담긴 심검은 이미 그의 전신을 난자하고 있었다.

눈으로 볼 수도, 아니 인식조차 하지 못할 속도로 심검은 포퀄의 모든 것을 자르고, 베고, 꿰뚫고 있었다.

'아, 안 돼!'

그리고 심검의 칼날이 거의 몸을 베어 낼 때마다 그의 몸에 봉인되어 있던 영혼들이 모두 모래처럼 빠져나가기 시작했다.

심검에 담긴, 혼들을 구해 내겠다는 유신운의 의념이 만들어 낸 결과였다.

"으어, 어어!"

혼들이 빠져나갈수록 포럴의 힘은 급속도로 약화되기 시작했다.

무한대로 공격을 이어 가며 모든 영혼을 구해 낸 유신운이 최후의 일격을 쏟아 냈다.

'이제 끝이다!'

아니, 쏟아 내리던 그때였다.

우우웅!

콰르르르!

'위험하다!'

갑작스레 유신운과 포럴의 사이에서 발생한 기운의 와류에 유신운이 당혹스러워하며 뒤로 물러섰다.

사이의 공간이 짓이겨지며 쪼개진 차원의 틈 속에서 알 수 없는 누군가가 모습을 드러내었다.

'설마.'

포럴과는 비교조차 되지 않는 거대한 힘.

유신운이 그의 정체를 짐작해 내던 그때.

"여, 염……왕."

포컬이 두려움에 떨며 그의 이름을 칭하고 있었다.

'염왕? 그렇다면 천마는?'

유신운이 떨리는 눈으로 염왕을 자세히 확인했다.

……하지만 어디에도 천마의 흔적은 존재하지 않았다.

'빌어먹을! 빌어먹을!'

포컬은 명왕이 나타난 것만으로도 어찌할 바를 모르며 제 몸을 벌벌 떨고 있었다.

업경에 담아 두었던 영혼들을 모조리 빼앗긴 놈은 이제 한낱 지옥의 수문장 한 명보다 그 힘이 쇠약해져 있었다.

그런 와중에 유신운은 아무 말 없이 명왕을 조용히 관망하고 있었다.

'적인가, 아니면…….'

상황이 완전히 파악되기 전에 섣불리 움직이는 것이 오히려 독으로 작용할 수 있으리라 생각한 것이다.

그러던 그때, 마주치는 것만으로 영혼이 타 버릴 것만 같은 눈빛을 흩뿌리며 명왕이 말을 꺼냈다.

"월직차사."

"예, 예! 명왕님!"

포컬이 명왕에게 비굴하게 기어가며 다급히 대답했다.

하지만 명왕의 표정에는 수하의 그런 비참한 모습에도 아무런 감정도 느껴지지 않고 있었다.

"대체 그게 무슨 꼴이지?"

"소, 송구합니다. 침입자가 인계의 영혼을 흡수하는 비열한 수를 쓴 까닭에."

포궐은 조금의 망설임도 없이 자신의 죄를 유신운에게 덮어씌웠다.

그에 명왕의 시선이 유신운에게로 향했다.

'이런.'

유신운이 미간을 찌푸렸다.

타이밍이 좋지 않았다.

직전에 영혼을 해방해 준 까닭에 그의 곁에 업경에서 벗어난 수많은 영혼이 배회하고 있었던 것이다.

상대가 보기에는 그가 영혼을 이용한 것으로 충분히 비칠 수 있었다.

"……그 말이 거짓은 아닌 것 같군."

아니나 다를까 유신운을 바라보는 명왕의 눈빛에 노골적인 적의(敵意)가 떠올랐다.

'이렇게 되면…….'

유신운이 미간을 좁히며 회월의 검파를 더욱 세게 쥐고 있었다.

반대로 포궐은 속으로 쾌재를 불렀다.

'됐다! 명왕이 저놈을 죽이는 데에 정신이 팔렸을 때 도망을 치면……!'

하지만 이어진 상황은 그의 예상과 전혀 다른 방향으로 전개되기 시작했다.

"한데……."

명왕은 서늘한 눈빛을 쏘아 내며 슬며시 제 손을 뻗었다.

스윽!

"헙!"

그러자 아직 포궐의 품에 있던 업경이 명왕의 손아귀로 날아들었다.

식겁한 나머지 낯빛이 하얗게 질린 포궐에게 명왕이 나직이 말을 이었다.

"내가 변성에게 맡겨 두었던 업경이 왜 네놈에게 있는 것이지?"

"그, 그건……."

변성대왕(變成大王).

명부의 모든 대소사를 관장하는 명부시왕(冥府十王) 중 하나였다.

그리고 시왕의 우두머리인 명왕, 염라(閻羅)는 한눈에 모든 사건의 진상을 파악하였다.

"보아하니 변성이 의문의 죽음을 맞이한 일의 배후에 네놈이 있었던 모양이군."

"며, 명왕님! 잠시만 제 말을 들어 주…… 컥! 커컥!"

염라가 뿜어낸 명왕기에 포궐의 육신이 붕 떠올랐다.

기운이 뱀처럼 목을 조여오며 숨을 쉴 수가 없자 포궐이 고통에 찬 신음을 토해 냈다.

포켈은 허공에서 몸을 배배 꼬며 변명하려 했지만, 염라는 단호했다.

"들을 필요 없다. '사안(蛇眼)'의 손을 잡은 것이겠지."

"……컥!"

결국 단말마의 비명만을 남긴 채 포켈의 육신이 힘을 잃고 축 늘어졌다.

스아아!

그것도 잠시, 잿빛 하늘처럼 색을 잃은 포켈의 시신이 한 줌의 먼지가 되어 흩날리며 사라졌다.

'……역시 강하군.'

유신운은 손을 한 번 휘젓는 것만으로 적을 제압해 버린 상대의 권능을 보며 긴장을 끌어 올렸다.

그러던 그때, 염라의 시선이 유신운을 향했다.

"이제 네놈 차례군."

포켈과는 다른 제대로 된 신격(神格)이 내뿜는 힘은 등선(登仙)도 못한 인간은 감히 감당할 수 없는 거력을 내포하고 있었다.

유신운은 본능적으로 깨달았다.

'……생사경의 중급, 아니 상급에 오르지 않는 이상 손조차 댈 수 없겠군.'

상대는 현재의 자신이 결코 이길 수 없는 존재라는 것을.

"네가 명왕인가."

하나 유신운은 조금도 지지 않고 조화신기를 극한으로 끌어 올리며 평소의 그처럼 대답했다.

눈을 피하지 않고 당당히 맞서는 유신운의 태도에 염라의 눈에 잠시 이채가 떠올랐다가 이내 언제 그랬냐는 듯 사라졌다.

"……이번에 침범한 필멸자(必滅者)들은 유독 예의가 없군."

"아쉽게도 그런 단어는 배운 적이 없어서."

유신운이 어깨를 으쓱해 보이곤 제 말을 이어 갔다.

"나도 그 '뱀눈'한테 원한이 꽤 큰데. 동료의 혼만 넘겨주면 내가 그쪽 대신 처치해 주지. 어때?"

염라와 포궐의 대화에서 사안이란 이름으로 혈교주가 등장한 것을 포착한 유신운이 거래를 제안했다.

"그것은 인계의 일. 내가 상관할 수 있는 바가 아니다."

"하, 네놈의 수하가 이토록 많은 죄 없는 이들을 희생시킨 걸 보고도 방관하겠다는 건가? 너도 똑같은 놈이군."

유신운의 말에 염라가 잠시나마 미간을 찌푸렸다.

"……나는 명계의 수호자. 설령 이대로 선계가 무너지고 인계가 멸망하는 한이 있더라도 나에게 주어진 질서는 오직 하나, 이곳을 지키는 것이다."

"뭐?"

선계가 무너져?

유신운은 염라의 입에서 나온 전혀 예상치 못한 말에 진의를 물어보려 했지만.

"잠……!"

"성스러운 인과율의 질서를 혼란케 하는 이들에겐 오로지 죽음만이 있을 뿐!"

염라는 명왕기를 흉포하게 쏟아 내며 새로운 권능을 현현할 뿐이었다.

화르륵!

화르르르!

염라의 명왕기가 불꽃처럼 세차게 타오르기 시작했다.

좌아아!

스아아!

명왕기는 대지에 맞닿더니 곧이어 흑백(黑白)의 혼백으로 변화하였다.

'……!'

점차 인간의 형상으로 변화하는 모습을 보며 유신운의 표정이 점차 딱딱하게 굳었다.

굳게 다문 입술과 단단해 보이는 아래턱.

쏘아보는 것만으로 적의 의기를 상실시키게 하는 범의 눈빛.

신교의 교주만이 입을 수 있는 도포를 입고 있는 천마의 혼백은 조금도 병색이 보이지 않았다.

'천마 그리고……'

서리라도 맞은 듯 새하얀 머리를 지닌 초로의 노인은 천마의 것과는 전혀 다른 정순하기 그지없는 선기를 내뿜고 있었다.

'무당(武當)이라고?'

그리고 순백의 혼백은 무당파의 도복과 검을 지니고 있었다.

마교와 무당파라는 결코 양립할 수 없는 조합이 느닷없이 등장하자 유신운은 머릿속이 복잡해졌다.

우우웅!

우웅!

'이건?'

그때, 갑작스레 유신운의 품에서 작은 진동이 느껴졌다.

[플레이어의 보패, '흑오령'이 흡수한 '명왕기'를 토대로 새로운 권능을 획득하였습니다.]

[발현 조건이 성립되었습니다.]

[권능, '만상투안(萬像透眼)'이 자동으로 발현됩니다.]

황궁에서 주유에게서 **빼앗았던** 보패 흑오령이 명왕기를 제멋대로 흡수하더니 새로운 단계로 진화하여 있었다.

[만상투안]

본래 흑오령은 명계의 혼백을 다스리기 위해 전대의 명왕이 만든 보패였다.

하지만 십천군이 십이선인과 대적하기위해 명계의 배신자를 통해 몰래 훔치는 데 성공하였고 지금까지 본래의 목적과는 전혀 다른 방도로 사용되었다.

흑오령의 진정한 힘 만상투안은 혼백이 겪은 모든 과거를 투시(透視)하고 죄가 있는 혼을 분리하는 힘을 지니고 있다.

스아아!

만상투안의 권능이 깃든 유신운의 눈이 황홀한 황금빛으로 물들었다.

유신운의 시선이 천마와 의문의 도사를 향하자.

'이들의 과거인가.'

본래 유신운의 기억을 엿보았을 때와 마찬가지로 그의 눈앞에 두 혼백의 기억이 빠르게 펼쳐지고 있었다.

조화경의 한계를 벗어나 생사경 즉 탈마(脫魔)의 경지에 이르기 위해 천마는 연공을 거듭하고 있었다.

─진천마(眞天魔)시여, 당신은 어떤 경지에 이르신 겁니까.

천마신공을 창안한 이의 진정한 목적이 세상의 멸망이 아닌 공존이라는 것을 깨달은 그는 수련에 맹진하고 있었지만.

지금껏 쌓아 온 모든 깨우침을 돌이켜야 하는 과정은 결코 쉽지 않았다.

하지만 문득 떠오른 작은 실마리를 쫓던 찰나.

-……이것은 이 세상의 독이 아닙니다.

갑작스레 느껴진 몸의 이상에 수련을 중단하고 자신의 건강을 책임지던 마의(魔醫)를 찾아간 그는 독으로 엉망이 된 자신의 몸을 알게 되었다.

-가거라. 돌아오지 않아도 좋다.

검진을 마친 후 되레 중독이 되어 생을 마감한 마의를 본 그는 하나뿐인 딸 천서린을 우신장과 함께 떠나보냈다.

-후후, 드디어 그대가 나를 올려다보게 되었구려.

그 후, 며칠이 되지 않아 들이닥친 천진중은 사악한 미소를 지어 보이고 있었다.

천마의 기억이 끝이 나자 자연히 무당파 도사의 기억으로 넘어갔다.

-스승님, 갑자기 이리 도망치듯 어디를 가신다는 말씀이십니까.

유신운이 익히 보았던 존재가 도사에게 연신 답답함을 토로하고 있었다.

─현학아, 맹에서의 나의 일은 끝이 났다. 몰려오는 어둠을 막기 위해선 내가 무당을 떠나야 하느니라.

태일의 스승이자 혈교주에게 목이 잘린 무당파의 전 장문인 현학도장이 도사의 말에 아무런 말을 하지 못하고 고개만 떨구고 있었다.

'설마!'

유신운은 그제야 의문인이 누구인지 알 수 있었다.

담천군의 등장 이전에 정도 무림의 최강자로 칭해졌던 이.

무당파가 세에서 화산파에 밀렸음에도 오로지 실력 하나로 전대 무림맹주의 자리까지 올랐던 인물.

그럼에도 무당파가 멸문하는 순간까지도 모습을 비추지 않았던.

태극검선(太極劍仙) 옥허진인.

의문인의 정체는 바로 그였다.

❦

담천군의 악의를 엿본 그는 억지로 선계의 힘에 발을 들였고 차후에 일어날 운명의 편린을 훔쳐보았다.

─아아, 원시천존이시여. 무당을 버리시나이까.

하지만 그 대가는 컸다.

인과율의 법칙은 그를 인계의 일에 더 이상 관여치 못하게 만들었다.

그로 인해 그는 제자의 죽음을 미리 보았지만 구할 수 없었고, 사문의 멸문을 미리 보았지만 구해낼 수 없게 되었다.

ㅡ선계와 인계를 구원할 자가 나타나리라. 그를 위해 명계로 향하라.

피눈물을 흘리며 슬퍼하던 그에게 새로운 운명의 조각이 떠올랐다.

그 후 조금의 망설임도 없이 옥허진인은 자신의 목숨을 바쳐 명계로 떠났고 천마를 만나 그를 지켰다.

언젠가 나타날 구원자를 기다리며.

그렇게 떠오르는 두 사람의 기억이 모두 끝이 나자.

유신운의 눈빛이 사뭇 진지하게 타오르기 시작하였다.

'조금만 기다리시오.'

두 사람의 처절한 의지를 느끼자 최대한 빨리 상황을 정리하고 현실로 돌아가야 함을 새삼 느낀 것이다.

'금방 끝내 줄 테니!'

유신운이 회월을 쥔 자신의 손에 조화신기를 쏟아부었다.

하지만 잔혹하게도.

파바밧!

타아아!

정신이 완전히 지배당하고 있는 천마의 아수라파천무(阿修羅破天舞)와 옥허진인의 태극혜검(太極慧劍)이 동시에 유신운에게 쏟아지고 있었다.

"똑바로 준비해라!"

"등천식(登天式)에 조금의 실수라도 내는 이는 즉결 처형이다!"

아직 이른 새벽이었지만 수많은 마교의 일원들이 바삐 천진중의 취임식을 준비하고 있었다.

신임 천마의 명령으로 갑자기 앞당겨진 행사에 모든 이들이 진땀을 뻘뻘 흘리고 있었던 것이다.

하지만 이들 중 어느 누구도 행사가 앞당겨진 이유는 알지 못하고 있었다.

처척.

그런 찰나, 속속들이 장로원의 장로들과 사대가문의 가주들이 대전 안으로 들어와 자신의 자리에 착석했다.

그들의 시선은 하나 같이 정(井)자로 높이 쌓인 나무 단을 향했다.

'하아, 정말로 이리 끝나는 것인가.'

'천마시여…….'

아니, 그 꼭대기에 놓인 전대 천마의 관을 향하여 있었다.

5장

장로들과 사대 가문의 가주들이 천마의 관을 보며 실의에 빠져 있던 그때.

갑작스레 문밖이 분주해지기 시작했다.

"교주님이 도착하셨습니다!"

문을 지키던 무사들이 일제히 커다랗게 포효를 외침과 동시에 좌신장이 이끄는 호위대가 안으로 들어섰다.

'크음!'

'이자들이⋯⋯!'

장로들과 가주들이 미간을 찌푸리며 불쾌함을 표출했다.

좌신장과 호위대가 대놓고 장로들과 가주들에게 마기를 내뿜고 있었기 때문이었다.

이전이라면 절대 있을 수 없는 무례한 일이었지만, 천진중은 이렇듯 자신보다 아래라고 여겨지는 상대를 대놓고 무시하는 처사를 매일같이 행하는 자였다.

　처척.

　그런 찰나, 마지막으로 천진중이 장내로 들어섰다.

　그에게서 뿜어지는 강대한 마기에 대경한 장로들과 가주들은 빠르게 표정을 관리할 수밖에 없었다.

　"교주님을 뵙습니다!"

　"……교주님을 뵙습니다."

　모두가 한쪽 무릎을 꿇으며 예를 갖추는 가운데, 천진중이 한가운데에 마련된 천마의 자리에 앉았다.

　'클클, 벌레 같은 놈들.'

　자신에게 머리를 조아리고 벌벌 떨고 있는 그들을 보며 천진중이 비릿한 미소를 지어 보였다.

　태상장로까지 신마동에 들어가자 장로원과 사대가문은 천진중을 견제할 실낱같은 힘조차 완전히 잃어버린 상황이었다.

　"교주님, 죄인들이 도착했다고 합니다."

　그때, 곁에 있던 좌신장이 천진중에게 말을 전했다.

　"들여보내라."

　"존명!"

　곧이어 좌신장이 수하에게 눈짓하자 문 바깥에서 두 명의 무사가 누군가를 질질 끌며 데리고 장내로 들어왔다.

그에 장로들과 가주들이 슬며시 고개를 들었고.

"아아."

"저런……."

한 명도 빠짐없이 탄식을 내뱉었다.

무사들이 데리고 온 것은 다름 아닌 우신장 주태명이었다.

털썩.

무사들이 손을 놓자 주태명은 허물어지듯 바닥에 엎어졌다.

"……."

쿵 소리가 나게 쓰러졌음에도 주태명은 신음조차 흘리지 않았다.

한 줌의 선천지기조차 느껴지지 않는 상태를 확인하며 장로들과 가주들은 주태명이 정신조차 없는 완전한 폐인이 되어 버린 것을 알아차렸다.

좌중의 분위기를 살피던 천진중이 슬며시 좌신장에게 전음을 보냈다.

―쯧. 의식은 남겨 놓으라고 했을 텐데.

―……죄송합니다. 고문이 이뤄지는 가운데 우신장이 발악하는 과정에서 사달이 났다고 합니다.

사실 그들의 눈앞에 있는 주태명은 유신운이 만들어 놓은 더미에 불과했지만, 두 사람은 아까운 강시의 재료를 잃었다며 아까워하고 있었다.

"교주님, 왜 이런 일을……."

"전대 천마님을 위해 죄인을 함께 태워 넋을 기려 드리려
하는데 잘못된 것이 있는가?"

"아니, 그래도 우신장께서는 신교를 위해 수많은 위업을
남기신……."

"허, 지금 죄인을 옹호하는 것인가?"

"그, 그게 아니라……!"

장로 하나가 참지 못하고 말을 꺼냈지만 좌신장의 한마디
에 더 말을 이어 가지 못하고 뒤로 물러났다.

장내의 분위기가 차갑게 얼어붙은 그때, 다시금 문이 열리
며 또 다른 이들이 모습을 드러내었다.

"교주님을 뵈옵니다!"

간사한 웃음을 지으며 인사하는 사내는 다름 아닌 사신으
로 분한 유신운의 분신이었다.

유신운의 곁에는 실혼인의 모습으로 변장한 천서린이 함
께 서 있었다.

그런 유신운을 바라보는 천진중이 비릿하게 입꼬리를 말
아 올렸다.

"안색이 좋군. 잠을 푹 주무셨나 보오."

"신교의 융숭한 대접에 감사할 따름입니다."

천진중은 대놓고 비꼬는 말투로 말하고 있었지만, 유신운
은 아무것도 모르는 순진한 태도로 답했다.

"한데 갑자기 이렇게 취임식을 서두르시는 까닭을 알 수

있겠습니까?"

"아, 그걸 말해 드리지 않았군."

그런 찰나, 슬며시 의도를 캐묻는 유신운의 질문에 천진중이 전혀 예상치 못했던 충격적인 소식을 꺼내 들었다.

"담천군이 수세(守勢)를 거두고 총공격을 시작했소. 곧 전국 각지에서 전쟁이 일어날 거외다."

'⋯⋯!'

유신운의 두 눈에 당황의 빛이 떠올랐다.

담천군이 총공세를 시작했다는 일이 의미하는 바는 매우 컸다.

이제 혈교가 황제라는 존재까지 무시하고, 중원 전체를 피로 씻기 위해 본체를 움직이기로 했다는 것이었으니까.

'⋯⋯마지막 대전쟁의 시작이다. 이제 정말 마교를 얻지 못한다면 우리의 승률은 희박하다.'

유신운은 속으로 신음을 흘렸다.

"그렇군요. 오히려 잘되었습니다. 천마의 좌에 오르셔서 저희와의 연합을 공표하시지요."

"⋯⋯그래, 거기서 지켜보시오."

그러나 유신운의 말에 답하는 천진중의 속내는 겉과 완전히 달랐다.

'멍청한 놈! 마룡의 힘을 다 얻는 즉시 네놈의 목숨은 끝이다.'

천마의 좌에 오르는 즉시, 목을 꺾어 버리겠다고 다짐하던 천진중은 천천히 자리에서 몸을 일으켰다.

천진중의 전신에서 강대한 마기가 폭사하였다.

순식간에 공간 전체를 장악한 천진중의 마기에 좌중의 모든 이들이 긴장하며 숨을 죽였다.

"모두 들어라!"

천진중이 사자후를 터뜨림과 동시에.

쿠오오!

그와 정신이 연결되어 있는 마룡이 거대한 포효를 내뿜었다.

천마궁이 뒤흔들릴 정도의 진동이 퍼져 나갔다.

"감히 신교의 천하일통(天下一統)을 방해하는 놈들! 담천군과 그 수하들의 목을 베고 세상을 피로 씻어 내는 한이 있더라도 증명할 것이다!"

천진중의 끔찍한 살기에 물든 눈빛이 좌중의 모두를 훑고 지나갔다.

"나 천진중이야말로 진정한 천마(天魔)임을!"

"와아아!"

"마교천세! 천마만세!"

좌신장을 포함한 천진중을 따르는 수하들이 격한 환호를 쏟아 내고 있었다.

'……저놈이야말로 피에 물든 악귀(惡鬼) 그 자체야.'

그 순간 천서린은 속에서 끓어오르는 공포와 분노를 겨우 참아 내고 있었다.

그러면서 자신의 곁에 서 있는 유신운에게 은밀히 전음을
보냈다.

'언제 계획을 결행해야 합니까, 가주. 명을 내려…….'

갑작스럽게 취임식이 앞당겨져 진행된 탓에 뇌옥에서 끌
려오며 두 사람은 사태를 파악하는 데에 모든 신경을 쓴 상
태였다.

그렇기에 그녀는 이후에 어떻게 천마의 시신을 구해 내야
할지 물은 것이었는데.

틸썩.

"……?"

갑자기 그녀가 전혀 예상치 못한 상황이 벌어졌다.

"대인?"

"이게 무슨?"

가주들과 장로들이 당황하며 목소리를 높이고 있었다.

그럴 만도 했다.

갑자기 멀쩡하던 유신운이 정신을 잃으며 바닥에 힘없이
쓰러져 버린 것이다.

'가주……?'

유일하게 유신운이 분신이라는 것을 알고 있는 천서린은
신마동에 들어간 유신운에게 위급한 상황이 벌어졌다는 것
을 깨달았다.

"마기를 버티지 못한 모양이군. 얼른 의원에게 옮겨라!"

"예, 예."

차갑게 표정이 굳은 천진중은 상대가 자신의 마기를 버티지 못한 까닭으로 이해하곤 무사에게 명을 내리곤 말을 이어 갔다.

"의식은 그대로 진행한다! 소천(燒天)을 준비하라!"

"우아아!"

천진중의 말에 수하들이 환호성을 지르는 것과 반대로 가주들과 장로들의 표정이 어둡게 가라앉았다.

소천.

즉 천마의 시신에 불을 붙여 재로 만드는 일이 코앞으로 다가온 것이다.

그런 와중에 천진중은 천서린에게 천천히 걸어왔다.

그러고는 천서린의 몸을 억지로 일으켜 세운 뒤 그녀의 귓가에 속삭였다.

"기대해라, 네 아비의 시신을 네 손으로 직접 불태우게 해줄 터이니."

너무나도 절망적인 상황 속에서.

'……가주님!'

그녀는 이 사태를 막을 수 있는 유일한 존재인 유신운의 이름을 계속해서 부르짖고 있었다.

"후우, 후……."

유신운은 무너진 자세를 고치며 숨을 골랐다.

그는 지친 기색이 역력했다.

'일정이 너무 촉박했어. 며칠 동안 잠도 제대로 못 자고 기
운만 소모한 탓에 이젠 분신을 유지할 힘조차 부족하다.'

하지만 지근거리에서 그를 노려보며 다음 공격을 준비하
고 있는 천마와 옥허진인 때문에 그는 긴장의 끈을 놓을 수
없었다.

정마(正魔)의 극에 이른 존재들은 절대 쉽지 않았다.

물론 지닌 내공의 절대적인 양으로는 유신운이 둘을 합친
것보다 압도적으로 많았지만.

지난 세월 쌓인 깨달음의 양과 숙련도가 달랐기에 조금만
방심해도 치명적인 일초가 그의 빈틈을 노리고 들어왔다.

게다가 유신운은 제대로 된 온 힘을 전부 쏟을 수도 없었
다.

'혹여나 이들의 혼백에 손상이 가선 안 돼.'

천마의 영혼을 온전히 데려가야 하는 상황이었기에, 상대
는 살초를 흩뿌리는 상황에서 유신운의 손속은 가벼워질 수
밖에 없었다.

'결단을 내려야 한다. 이대로 가다간 취임식이 끝날 때까

지 이들을 제압조차 할 수 없어. 게다가.'

타다닷!

파앗!

유신운은 다시금 달려드는 두 사람의 뒤에서 공허한 눈빛으로 자신을 바라보고 있는 염라를 노려보았다.

'진정한 적은 저놈이야.'

후아아!

촤아아아!

회월의 칼날에서 조화신기가 휘몰아치기 시작했다.

'기회는 한 번뿐이다.'

유신운은 분신에게 전해지던 모든 기운을 신체를 유지하는 최소 한도만을 남기고 끊어 버렸다.

그리고 전신에 남아 있는 한 줌의 진기까지 모두 끌어 올렸다.

유신운이 한 발을 뒤로 빼며 몸을 낮추곤 오른 손으로 회월을 들며 일초를 준비했다.

눈앞을 가로막는 모든 것을 부수며 나아가는 천마의 비전, 천마군림보(天魔君臨步)와 구름을 사다리 삼아 딛고 오른다는 무당의 제운종(梯雲縱)이 동시에 펼쳐지는 믿기지 않는 광경이 펼쳐지고 있었다.

공간을 접으며 이동한 두 흑백의 혼백이 유신운의 눈앞에 당도하자.

쐐애애액!

채채챙!

공기가 말 그대로 찢어발겨지며 수백 차례의 검격이 순식간에 교차했다.

화르르르!

콰가가!

펄펄 끓는 용암과도 같은 지독한 염기를 두르고 있는 천마의 검이 뇌운십이검 중반부의 검로 그대로 유신운의 심장을 파고들었고.

촤아아!

파바밧!

옥허진인의 오른 손에서는 태극혜검의 부드러움의 정수가 담긴 일검이 왼 손에서는 파괴적인 기운을 담고 있는 십단금(十段錦)이 쏟아졌다.

전혀 다른 심공에서 기반하는 두 무공을 어떻게 동시에 펼치는 것인가 하는 의문이 들었지만.

그 잡념은 잠시도 이어지지 못하고 순식간에 사라졌다.

콰르르르!

촤아아아!

어떠한 전조도 없이 유신운의 전신이 푸른 뇌기로 물들었다.

푸른 광채로 물든 유신운은 인간의 형상만을 유지할 뿐,

뇌기 그 자체가 된 듯했다.

그야말로 뇌신(雷神)이었다.

뇌운십이검 신운류.
후반 3초.
청라뇌경(靑羅雷暻).

'크윽!'
유신운은 온몸에 느껴지는 극심한 고통에 정신이 아득해
져 왔다.

뇌운십이검의 마지막 남은 후반 3초와 4초는 유신운의 지
금 경지로서는 깨달음이 부족해 발동만 겨우 가능할 뿐 제대
로 펼치는 것이 불가능했다.

하지만 상황이 상황인지라 무리를 하며 억지로 발동을 한
것이었다.

스르르!
카캉!
두 사람의 검이 뇌기가 되어 버린 유신운의 몸을 그대로
통과하고 땅에 박혔다.

청라뇌경의 상태가 되면 순간적으로 심검을 제외한 모든
공격을 무효화시켜 버렸다.

그뿐 아니라 두 사람의 혼백이 감전이라도 된 듯 그 자리

에서 멈추었다.

청라뇌경의 뇌기가 그들의 영혼을 훑고 지나가며 혼백 자체를 마비시킨 것이다.

파바밧!

쐐애액!

'이 일격(一擊)에 모든 걸 건다.'

유신운은 그 둘을 지나쳐 그대로 염라에게 돌진했다.

우우우웅!

우우웅!

그러면서 동시에 생사경의 심득, 심검 다섯 개를 회월의 칼날에 한데 모아 참격을 쏟아 내었다.

그대로 염라를 베어 버릴 작정이었다.

애초에 유신운의 계획은 천마와 옥허진인이 아닌 염라를 향해 있었다.

하지만…….

"……!"

그 모든 공격도 염라가 직접 몸을 움직이며 신격의 힘을 쏟아 내자 허무로 되돌아갔다.

무슨 일이 있었냐는 듯, 유신운은 뇌기가 사라지고 본래의 모습으로 돌아가 염라의 손아귀에 붙잡혀 있었다.

"크윽!"

자신의 힘이 염라에게 흡수되어가는 것을 느끼며 유신운

이 신음을 흘렸다.

"……인과율의 법칙에 따라 너를 소멸한다."

'……안 돼.'

흐릿해지는 의식의 너머로 염라의 목소리가 들려오고 있
었다.

소천식이 준비된 곳은 신교 본단의 모든 이들이 총집결할
수 있는 대연무장이었다.

천진중의 수하들을 제외하면 마교의 무사들 대부분은 얼
굴에 복잡한 심정이 엿보이고 있었다.

둥! 두둥!

"교주님이 도착하셨습니다!"

하지만 그것도 잠시, 북소리가 울려 퍼짐과 동시에 모든
마교의 무사들이 긴장하며 흐트러졌던 자세를 가다듬었다.

처척!

서릿발 같은 눈빛을 쏘아 내는 친위대가 길을 열며 대전을
빠져나온 천진중이 미리 마련된 상석에 앉았다.

사맥의 가주들과 장로들 또한 양편에 마련된 자리에 마저
앉았다.

"교주님, 그럼 시작하겠습니다."

천진중의 곁에서 마기를 흩뿌리던 좌신장 호괴승이 말을 꺼내자 천진중이 고개를 끄덕였다.

그에 호괴승은 총군사 독심마불에게 눈짓을 보내자 독심 마불이 제단의 앞으로 나서며 큰 소리로 외쳤다.

"신교의 새로운 천마를 영접하기 앞서 소천의 식을 거행하겠다!"

"와아아! 신교천세!"

둥! 두두둥!

미리 심어 놓았던 바람잡이 역할의 수하들이 커다랗게 소리치자, 다른 신교의 무사들 또한 억지로 환호성을 내질렀다.

살기 위한 행동이었다.

그들 중 대부분이 부교주가 마음에 들지 않았지만 이미 권력은 완전히 넘어간 상태였다.

강자존의 법칙이 확고한 마교에선 권력자의 눈 밖에 나는 것은 곧 죽음을 맞이하는 것이었다.

"제단에 기름을 부어라!"

촤아아!

독심마불이 소리치자 그의 수하들이 겹겹이 쌓인 나무 제단에 미리 준비해 두었던 기름을 뿌렸다.

어찌나 콸콸 쏟아부었는지 퍼져 나가는 기름 냄새에 지켜보던 무사들의 코끝이 찡할 정도였다.

"제물을 들여보내라!"

이어진 독심마불의 명령에 일단의 무사들이 한 사람을 질질 끌고 왔다.

다름 아닌 천서린이었다.

실혼인처럼 축 늘어진 그녀의 심각한 상태를 지켜보던 신교의 무사들이 안타까워하며 탄식을 토해 냈다.

"아아, 저분이 천마님의……."

"쉿! 입 다물게! 자네도 제물로 바쳐지고 싶은 건가."

전대 천마를 진심으로 따르던 이들이 대부분이었지만, 그들조차 천진중의 광기에 잔뜩 겁에 질려 있었다.

'아아, 아버님.'

유신운의 분신이 쓰러지고 아무리 전음을 보내도 답이 없자, 천서린은 완전히 평정심을 잃은 상태였다.

"죄인을 함께 바쳐 전대 천마님의 넋을 기릴 것이다!"

둥! 두두둥!

마교의 무사가 천서린의 손에 횃불을 건넸다.

천진중은 정말로 딸의 손으로 아비를 죽음으로 내몰고 있었다.

마교의 무사들이 천서린의 등을 밀자 그녀는 한 걸음씩 제단으로 나아가기 시작했다.

'……이렇게 끝인가.'

손안의 불꽃을 바라보던 천서린은 자신의 최후를 직감했다.

……한데 그때였다.

-단, 날 믿고 너희의 목숨을 걸어야 한다.

절망 속에서 그녀의 머릿속에 한 가지 기억이 떠올랐다.

사맥주 견초번과의 전투 후 지금처럼 똑같이 희망을 잃었을 때, 유신운이 말했던 한마디였다.

그는 희박하디희박한 단 하나의 가능성을 보고 자신의 모든 것을 걸어 역전의 길을 만들었었다.

순간, 그녀는 한 가지 사실을 깨달았다.

지금까지 유신운만 믿고 기댔을 뿐.

정작 자신의 목숨을 건 적은 없었음을.

'아버님, 전 정말 천마가 될 자격이 없네요.'

그녀의 눈동자에 서서히 생기가 감돌기 시작했다.

'유 가주는 아버님을 구하기 위해 목숨을 걸었어! 나도 할 수 있는 모든 걸 다해야 해!'

의지를 세운 그녀는 천천히 유신운이 마교를 속이기 위해 행해두었던 육신의 금제를 해제하기 시작하였다.

'이때다!'

촤아아!

"무슨……!"

갑작스레 그녀의 전신에서 가공할 마기가 쏟아지자 곁에

서있던 무사가 당황하며 다급히 검파에 손을 가져갔다.

스아아!

콰아앙!

하지만 그보다 천서린의 행동이 한발 빨랐다.

"크억!"

"끅!"

그녀는 호신강기를 터뜨리며 발생한 충격파로 무사들을 날려 버린 후, 들고 있던 횃불에 마기를 잔뜩 담아 독심마불에게 날렸다.

쐐애액!

"큭!"

기습에 당황한 독심마불은 다급히 몸을 날려 공격을 피해 냈다.

"이게 무슨 일이야?"

"어떻게 된 거지?"

예상치 못한 상황이 펼쳐지자 마교의 무사들이 서로 웅성거리기 시작했다.

'분명히 근맥이 잘린 것을 확인했는데, 저년이 어떻게 무공을……?'

독심마불은 어떻게 해야 할지 판단이 서지 않아 천진중을 바라보았다.

하나 천진중 또한 상황이 이해되지 않는 것은 마찬가지인지 똑같은 눈으로 그를 바라보고 있었다.

'백운세가 놈이 날 속인 것인가.'

뒤늦게나마 상황을 파악한 천진중이 독심마불에게 천서린을 죽이라 명령을 내리려던 찰나였다.

"신교인들은 들으시오! 진정한 죄인은 내가 아니라 바로 저 간악한 천진중이오!"

천서린이 자신의 기운을 모두 쏟아부은 사자후를 터뜨렸다.

"성스러운 소천식에서 죄인 놈이 감히 무슨 망발을 지껄이는 것이냐!"

파바밧!

독심마불이 다급히 소리치며 그녀에게 맹렬히 달려들었다.

핏빛으로 물든 그의 쌍장(雙掌)이 초절한 마기를 내뿜고 있었다.

"죽어랏!"

제단으로 뛰어든 독심마불은 당장 그녀의 목을 꺾어 버리려 살초를 쏟아 내었다.

하지만 천서린은 조금의 두려움도 없이 반격을 가했다.

우우웅!

콰가가가!

'……저건!'

그녀의 권장(拳掌)에서 피어오르는 익숙한 기운에 상대하는 독심마불뿐 아니라 지켜보던 모든 무사들의 눈이 터질 듯 커졌다.

쐐애액!

쿠구궁!

공기가 찢어지는 파공성과 함께 천서린의 일권이 독심마불의 복부를 강타했다.

"크아악!"

고통에 찬 신음을 쏟아 내며 독심마불이 자신의 수하들이 엎어져 있던 곳에 그대로 처박혔다.

그가 꼴사납게 자신의 배를 부여잡고 연신 신음을 흘리고 있던 그때.

"저건!"

"천마신권이다!"

천서린의 무공을 알아차린 마교의 무사들이 연이어 격한 반응을 쏟아 내었다.

유신운의 도움으로 환골탈태를 거쳐 8성의 경지까지 도달한 그녀의 천마신공은 모두에게 전대 천마를 떠올리게 할 만큼 위력적이었다.

'……천마신공은 오로지 당대의 천마가 후대의 천마에게만 전수되는 법.'

'저자가 정말로 교주님의 핏줄이었단 말인가?'

이 사태에 놀란 것은 일반 무사들뿐이 아니었다.

어느새 장로원의 일곱 장로들과 사맥의 가주들 또한 앉아 있던 자리에서 벌떡 일어나 천서린을 지켜보고 있었다.

그렇게 모두의 시선이 자신을 향해 있는 것을 알아차린 천서린은 천천히 시선을 돌려 자신에게 흉포한 살기를 내뿜고 있는 천진중을 마주 보았다.

'저 건방진 년이!'

콰직!

천진중이 화를 참지 못하고 앉아있던 권좌의 손잡이를 박살을 냈다.

그때 천서린이 다시 한번 목소리를 드높였다.

"언제부터 강자존의 법도에 외부의 적과 손을 잡고 주인을 중독시키는 비열한 방법까지 포함되었는가!"

천마신교를 지탱하는 유일한 법도, 순수한 강함의 추구.

그것이 바로 강자존의 법칙이었다.

'순수'라는 수식어가 붙는 것처럼 이 강자존의 법칙은 절대적으로 지켜져야 했다.

비열한 술수가 연관되는 것만큼 명분을 잃는 것은 없었다.

천서린이 꺼낸 한마디의 여파는 대단했다.

"그게 무슨?"

"중독이라고?"

"천마님이 암수에 돌아가셨단 말인가?"

웅성거리는 소리는 점점 더 커져갔다.

천진중을 바라보는 무사들의 눈에 분기마저 깃들고 있었다.

처척!

그런 장내의 분위기 속에서 천진중이 몸을 일으켰다.

스아아아!

콰아아!

천진중의 몸에서도 천서린과 마찬가지의 기운이 터져 나오기 시작했다.

유신운이 전수해 준 가짜 천마신공이었다.

"부교주! 죄인의 말이 정녕 사실이오?"

상황을 지켜보던 장로 중 하나가 앞을 가로막으며 말을 꺼냈다.

"지금부터 한 발이라도 움직이는 자는 그 즉시 반역자로 간주하겠다."

그러나 천진중은 마치 벌레를 보는 시선으로 그를 노려보다가 나직이 답했다.

장로의 행동에 용기를 얻은 곡가의 가주 곡철진 또한 그의 앞을 가로막으며 말을 꺼냈다.

"사맥의 맥주로서 부교주에게 청하노니 교주님의 관을 열어 다시금 조사하기를……!"

콰직!

하지만 그는 말을 끝마치지 못했다.

어느새 마수를 뻗은 천진중이 그의 머리통을 수박처럼 쪼개 버린 것이다.

섬뜩한 소리와 함께 머리를 잃은 곡철진의 몸이 땅에 힘없이 허물어졌다.

"천마의 말을 거역한다면 사맥의 가주라 할지라도 죗값을 치러야 하리라."

그 끔찍한 참상에 모든 이들이 공포에 질렸다.

고요 속에서 천진중이 득의양양한 미소를 지어보이며 천서린에게 시선을 돌렸다.

-클클. 고작 그 정도로 상황이 변할 줄 알았더냐.

그러고는 이내 천서린을 비웃는 전음을 보냈다.

단번에 뒤바뀐 분위기에 두 눈을 질끈 감은 천서린은 다시금 의지를 불태웠다.

'이제 남은 방법은 하나뿐!'

파바밧!

천서린이 진각을 박차며 전광석화처럼 천진중에게 달려들었다.

한 수에 모든 기운을 모아 일격필살의 기습을 노린 것이었다.

쐐애액!

처척!

하지만 그런 그녀의 앞을 좌신장 호괴승이 막아섰다.

쿠웅!

단 일보를 앞에 두고 호괴승이 그녀의 목을 붙잡더니 땅에 처박았다.

호괴승의 무위는 독심마불과 비교할 바가 아니었다.

"크윽!"

천서린이 고통에 찬 신음을 쏟아 내던 그때, 천진중이 다시금 전음을 보냈다.

─이제 모든 것이 끝났다. 네 아비는 불에 타 죽을 것이고 곧 네년도 따라가겠지. 이것의 너의 운명이다.

화르르르!

말을 마친 천진중의 손아귀에서 마기로 만들어 낸 검은 불꽃이 피어오르고 있었다.

천진중이 천서린을 지나쳐 제단으로 걸어갔다.

겨우 몸을 일으킨 독심마불이 그런 천진중을 바라보며 크게 소리쳤다.

"천마께서 직접 소천의 식을 거행하실 것이다!"

한걸음에 제단의 끝까지 오른 천진중은 발치에 놓인 천마의 관을 내려다보았다.

'꼴좋구려, 교주. 이것이 당신과 나의 차이요.'

파밧!

입꼬리를 말아 올린 그는 하늘로 번쩍 뛰어올랐다.

그러고는 제단을 향해 손아귀의 불꽃을 뿜어내었다.

콰가가!

화르르르!

'이제 내가 천마다!'

제단의 불길이 하늘에 닿을 듯 높이 치솟았다.

그와 함께 천마의 시신이 담긴 관마저 새까맣게 타 버리고 있었다.

"아아!"

"천마시여!"

그 참혹한 광경에 모두가 탄식을 토해 내었다.

'……아버님, 가주님!'

천서린 마저 차오르는 슬픔에 고개를 떨구던 그때였다.

우우웅!

우웅!

모두의 귓가에 정체 모를 공명음이 들려오고 있었다.

"……저건?"

"……무슨?"

제단을 바라보던 이들이 무언가를 발견하고는 경악한 반응을 쏟아 내고 있었다.

자신의 목을 억누르던 호괴승의 힘이 약해지자 천서린이 다시금 고개를 들어 올렸다.

'……!'

그녀의 눈동자가 커다랗게 떠졌다.

제단의 화염 속에서 정체 모를 균열이 발생하여 있었다.

모두가 기현상에 의아해하고 있었지만, 그녀만은 저 균열이 무엇을 의미하는지 알아차리고 있었다.

'가주님!'

그녀의 눈빛에 희망의 빛이 떠오른 그때.

파바밧!

촤아아!

균열을 꿰뚫고 두 개의 인형(人形)이 흡사 돌풍처럼 튀어나왔다.

"……!"

곧이어 두 사람의 정체를 확인한 모두가 충격으로 할 말을 잃었다.

"……이건, 이건 말도 안 돼!"

평정을 유지하던 천진중이 두 사람을 보며 악을 지르고 있었다.

한데 그럴 만도 했다.

그의 눈앞에 나타난 것은 다름 아닌.

신교를 이끄는 교주의 상징인 흑천마검을 쥐고 있는 전대 천마, 한비광과…….

"반갑군."

여유로운 미소를 짓고 있는 유신운이었으니까.

염라는 맹렬히 유신운의 기운을 흡수했다.

'크윽!'

유신운은 광라흡원진공으로 막아 보려 했지만 역부족이었
다.

어떤 방법으로도 신격의 존재를 감당할 수 없었다.

유신운의 의식이 점차 흐릿해져 가고 있었다.

한데 그때였다.

우우웅!

우웅!

"⋯⋯!"

무슨 이유에선가 그의 기운을 통제하던 염라가 깜짝 놀라
며 행동을 멈췄다.

흡수한 인간의 기운이 명왕기와 거센 격돌을 하고 있었다.

'한낱 인계의 기운 따위가 어찌?'

단 한 번도 겪어 보지 못한 일에 염라는 당혹스러울 따름
이었다.

본래 그의 지고한 권능에 따라 흡수한 인계의 기운은 즉시
소멸하게 될 터이거늘, 어찌 이런 일이 벌어지는 것인지 이
해가 가지 않았다.

우우웅!

우웅!

'크흠!'

하지만 인계의 기운은 점점 더 흉포하게 날뛰고 있었다.

염라는 어찌 된 일인지 판별하기 위해 흡수한 인계의 기운의 본질을 자세히 들여다보았다.

그리고.

"······이 무슨?"

염라의 표정에 충격이 떠올랐다.

"······어떻게 인간이 그자의 기운을?"

평가절하했던 인계의 기운이 자신이 익히 알고 있는 한 존재의 기운이라는 것을 깨달았기 때문이었다.

'······그자?'

그러나 유신운은 염라의 뒷말은 더 듣지 못하고 거기서 의식을 잃고 말았다.

스윽.

염라는 그런 유신운을 천천히 바라보다가 다시금 입을 열었다.

"아아, 이제야 모든 것이 이해가 가는군."

그는 유신운에게서 다른 이의 모습을 겹쳐 떠올리고 있었다.

"······그는 모든 것을 저버린 것이 아니라 마지막 희망을 찾았던 것인가."

말을 꺼내는 염라의 표정이 미묘하게 바뀌었다.

그는 복잡한 감정을 담고 있는 눈빛으로 유신운을 지그시 바라보았다.

"삼계의 혼란을 소멸하는 일에 '중재자'의 선택이 너라면……."

염라가 쓰러진 유신운에게 천천히 손을 뻗자.

스아아아!

촤아아!

그의 손끝에서 찬란한 광휘가 내뿜어졌다.

잿빛으로 변했던 유신운의 얼굴에 다시금 생기가 감돌기 시작했다.

"나도 그의 선택을 한 번은 믿어 보겠다."

염라가 흡수했던 모든 기운이 유신운에게 되돌아가고 있었다.

하나 그것이 끝이 아니었다.

스아아!

쿠우우!

조화신기가 모두 되돌아옴과 동시에 염라의 명왕기마저도 유신운에게 흘러 들어갔다.

놀랍게도 그가 지닌 전력의 3할 정도가 유신운에게 그대로 전해졌다.

그 수치는 인계에 개입할 수 있는 선상에서 최대치의 도움이었다.

말도 안 되는 기연을 전해 받은 유신운이었지만.

"음냐."

정작 그는 오랜만에 달콤한 잠에 빠져 있었다.

자신의 기운을 충분히 넘겨준 염라는 다음으로 넘어갔다.

"명계의 주인으로서 명하노니 혼백은 본래의 모습으로 돌아갈지어다."

스아아!

촤아아아!

황홀한 광채와 함께 언령의 힘이 발현되었다.

유신운과 다퉜던 흑과 백의 혼이 본래의 색을 되찾아 가기 시작했다.

"후우, 후."

"흐읍."

거친 심호흡과 함께 천마 천비광과 옥허진인이 본래의 모습으로 깨어났다.

하지만 그렇게 고통스러워하던 것도 잠시.

파밧!

두 사람은 조금의 망설임도 없이 쓰러진 유신운의 앞을 가로막고 섰다.

"'진천마' 님의 후예에게 손을 대려거든 나를 다시 꺾어야 할 것이다."

"물러서십시오, 명왕."

염라의 격이 다른 힘을 유신운보다 먼저 겪고 꼭두각시 신세가 되었던 그들이지만, 그들은 설령 목숨을 잃는다고 해도 상관없다는 태도로 전투태세를 갖추고 있었다.

'신교를 구할 유일한 희망.'

'목숨을 걸고 지킨다.'

그들은 꼭두각시가 되었을 때의 기억을 온전히 지니고 있었다.

의식은 그대로인 채 유신운의 싸움을 지켜본 것이었다.

염라는 그런 두 사람을 가만히 지켜보다가 손가락을 튀겼다.

스아아!

촤아아!

그들의 등 뒤에 유신운이 처음 명계에 왔을 때와 같은 차원의 균열이 발생했다.

"각자의 육신이 있는 곳으로 가는 문을 열어 주었다. 최대한 빨리 다 사라지도록."

염라는 마지막으로 유신운을 잠시 바라보다가 이내 신기루처럼 제 모습을 감추었다.

하지만 그럼에도 한참을 긴장하며 신경을 곤두세우던 두 사람은.

"후우, 빌어먹을 놈이 진짜로 갔군."

"……정말로 다행입니다."

뒤늦게 정말로 염라가 떠나간 것을 깨닫고 그제야 안도의 한숨을 내쉬었다.

"하, 이런 어린아이에게 목숨의 빚을 지게 되었다니."

"……아이라기엔 늙은이들보다 너무나 큰마음을 지닌 것을 보지 않았습니까."

"흥, 말코도사 놈이 아직도 말은 잘하는군."

티격태격하는 두 사람이었지만, 유신운을 바라보는 두 사람의 눈빛은 똑같았다.

대견함과 미안함이 함께 교차하고 있었던 것이다.

"후우, 시간이 촉박하니 이제 움직이시죠."

"그래야겠지."

옥허진인의 말에 천마는 고개를 돌려 염라가 만들어 낸 균열을 바라보았다.

"난 마교로, 넌 선계로 가겠군."

"……예, 다시금 잠시 헤어지겠군요."

차원의 균열은 하나가 아닌 두 개였다.

각자의 육신이 있는 곳으로 보내 준다는 염라의 말에서 알 수 있듯, 현재 옥허진인의 진신은 선계로 넘어가 있는 탓이었다.

옥허진인을 바라보는 천마의 눈빛이 사뭇 복잡해졌다.

명왕을 비롯한 귀장들과 악전고투를 벌이는 동안 두 사람

은 정마(正魔)의 갈등을 넘어 오랜 친우와 같은 사이가 되어
있었다.

"가자마자 인계로 도망쳐라."

천마의 말에는 수많은 의미가 담겨 있었다.

선계는 이미 사지(死地)가 되어 있을 것이 분명했다.

선계에 있는 혈교주, 그자는 명왕과 같은 괴물 그 자체였
으니까.

하지만 잠시간 말을 아꼈던 옥허진인은 억지웃음을 지어
보이며 답했다.

"……저는 저의 소임을 다했으니 먼저 악적과 다투어 보겠
습니다."

"젠장, 꽉 막힌 호랑말코 같으니……!"

그 대답에 천마는 욕지거리를 내뱉었다.

이럴 줄 알고 있었지만, 막상 들으니 속이 쓰렸다.

"허허, 여전히 고맙다는 말을 참 어렵게 하시는군요."

"……시끄럽다!"

옥허진인이 먼저 한 균열 앞에 섰다.

그러고는 이내 뒤를 돌아보았다.

"부디 건네드린 것을 저 아이에게 잘 전해 주십시오."

"흥, 어차피 내게는 필요도 없는 무공이다. 떼먹을까 걱정
하지 않아도 된다."

"부디 안녕하시길."

"야, 빌어먹을 말코 놈아."

옥허진인이 떠나려던 그때, 천비광이 마지막 한마디를 건넸다.

"……다시 보자."

그러자 옥허진인이 환한 미소를 지으며 균열 속으로 사라졌다.

옥허진인을 삼킨 차원의 균열 하나가 사라지자, 천마도 몸을 움직였다.

"진천마의 후예여, 이제 우리도 떠날 때다."

천마가 쓰러졌던 유신운을 부축하며 일으키고는 이내 남은 차원의 균열 안으로 몸을 날리고 있었다.

"와아아!"

"천마님이 돌아오셨다!"

천비광의 부활을 목격한 천마신교의 교도들과 무사들은 대연무장이 떠나갈 것 같은 함성을 토해 냈다.

장로들과 사맥의 가주들 또한 놀란 표정을 감추지 못하고 있었다.

'이 무슨 말도 안 되는……!'

심상치 않은 장내의 분위기를 감지한 독심마불이 황급히

천진중을 바라보았다.

그러나 천진중 또한 현 상황이 이해가 가지 않는 것은 마찬가지였는지, 얼어붙은 표정으로 천비광을 노려보고 있었다.

"이 멍청한 놈들이! 적의 공작에 넘어가지 마라! 저건 가짜다!"

사태의 심각성을 인지한 독심마불이 목소리를 드높였다.

"신교천세! 신교천세!"

하지만 군중들에게서 쏟아지는 환호성을 줄어들 기미를 보이지 않고 있었다.

독심마불이 지독한 마기를 다시금 끌어 올리며 장내의 분위기를 다잡으려 했다.

"정신 차려라! 진짜 천마는 죽었……! 흡!"

"너 말이 좀 많군."

한데 갑자기 한 줄기의 선풍이 휘몰아치더니, 그의 눈앞에 누군가가 모습을 드러냈다.

'유신운?'

독심마불이 상대방의 정체를 인식함과 동시에.

퍼퍽!

콰아앙!

"크악!"

유신운이 뻗은 일권이 그의 턱에 그대로 적중했다.

독심마불이 반격할 생각조차 하지 못할 정도의 질풍 같은 빠르기였다.

와아아!

와아!

자신들의 대군사가 외부의 적에게 일격을 맞은 것임에도, 천진중의 수하를 제외한 대부분의 천마신교의 교도들이 환호성을 내지르고 있었다.

그 모습을 보며 히죽 웃어 보인 유신운은 연무장의 벽을 뚫고 처박혀 있는 독심마불을 바라보았다.

"넌 거기서 그렇게 좀 닥치고 있어라."

"그어, 그어어."

유신운은 박살이 난 자신의 턱을 연신 주무르며 고통스러워하고 있는 독심마불을 비웃었다.

그 처참한 광경을 조용히 지켜보던 천진중은 그제야 정신을 차렸다.

신교도들이 터뜨리는 환호성 속에서 그는 자신의 모든 비원이 무너졌음을 깨달았다.

'……대체 어디서부터 내 계획이 무너진 거지?'

그리고 오래 지나지 않아 물음의 답을 찾을 수 있었다.

이 모든 사태를 유발한 원흉을.

'유신운!'

천진중이 자신을 바라보며 건방진 미소를 짓고 있는 놈에게 지독한 살기를 내뿜었다.

'전부 다 죽여 주마!'

"좌신장!"

쐐애액!

천진중이 소리치자 뜻을 알아차린 호괴승이 천서린의 심장을 꿰뚫어 버릴 기세로 다른 손을 뻗었다.

촤아아!

파바밧!

하지만 그보다 빨리 천비광의 신형이 안개처럼 흩어졌다.

"흡!"

공간을 접어 달리듯 이동한 천비광이 자신의 코앞에 나타나자, 호괴승이 당황한 기색을 숨기지 못했다.

그는 천서린에게 뻗던 암수를 다급히 멈추고 재빨리 한걸음 뒤로 물러섰다.

콰가가가!

콰가강!

찰나의 순간이 지나자 호괴승이 서 있던 자리에 칼로 벤듯한 홈이 파였다.

천비광이 천마군림보로 이동하며 은밀히 수강(手口)을 날린 것이다.

겨우 몸을 피한 호괴승이 두려움이 실린 눈으로 천비광을 바라보았다.

"여전히 쥐새끼처럼 신법 하나는 빠르구나, 호괴승."

"……."

상대의 무공을 목도하고 눈앞의 상대가 진실된 천마임을 깨달은 호괴승은 아무런 말도 하지 못했다.

파밧!

그때, 빠르게 몸을 날린 유신운이 바닥에 쓰러져 있던 천서린을 챙겨 뒤로 물러났다.

"콜록, 어떻게 된 거죠?"

"……끝나고 말해 주마."

그의 품에 안긴 천서린이 기침을 하며 물어봤지만, 유신운은 적당히 답을 미뤘다.

사실 의식을 잃은 이후의 기억이 없는 유신운은 어떻게 인계로 넘어온 것인지에 대해 몰랐기 때문에 어영부영 넘어간 것이었다.

'자, 그럼.'

그와 동시에 유신운은 상황을 더욱 확실하게 자신의 것으로 만들기 위해 다음 계획을 시동했다.

스아아!

유신운의 전신에서 조화신기가 휘몰아치기 시작했다.

그리고 천비광이 선 자리 양옆에 두 개의 마법진이 새겨지기 시작했다.

기이한 빛줄기를 뿜어내는 마법진에 신교도들은 당황했지

만, 이내 그 광채 속에서 모습을 드러내는 두 인형(人形)의 정체가 자신들이 잘 아는 존재들이라는 것을 알아차리자 반응이 완전히 달라졌다.

"저, 저분은?"

"우신장님?"

"어, 어찌 태상장로님이!"

그랬다. 천마 한비광의 오른팔과 왼팔을 맡던 두 존재.

태상장로 양원패, 우신장 주태명이 이전의 모습 그대로 천마신교에 돌아온 것이었다.

이제 장내의 분위기는 걷잡을 수 없이 바뀌어 있었다.

"모두가 돌아오셨다!"

"태상장로님과 우신장님을 호위하라!"

"천마님을 수호하라!"

채채챙!

채챙!

천진중의 수하들을 흡사 역적을 바라보는 눈빛으로 바라보며, 신교의 무사들이 자신의 검을 뽑아 들고 있었다.

그리고 그 혼란한 분위기 속에서.

'자, 이제 네놈 차례다.'

유신운이 회심의 미소를 지어 보이고 있었다.

당장이라도 내전이 벌어질 것 같은 심각한 상황 속에서.

"태상장로님, 어떻게 신마동에서 돌아오신 겁니까?"

"우신장님, 그 모습은 대체?"

자리를 지키고 있던 장로들과 사맥의 가주들마저 모두 몸을 움직였다.

"내가 신마동에 들어간 것은 유 가주에게 천마님의 혼이 그곳에 봉인되어 있다는 사실을 들었기 때문이오."

"유 가주의 도움으로 새로운 힘을 얻었다네."

두 사람의 답에 모두가 놀란 기색을 숨기지 못했다.

"그런!"

"혼을 봉인시킨 것도 다 저 악적 놈이 한 짓이겠군!"

모든 진상을 들은 천마신교의 교도들의 얼굴에 더욱 분노가 치밀어 오르고 있었다.

독살에 더해 이런 간악한 짓거리라니.

그들이 따르는 신교의 교리로는 벌써 척살당해야 마땅한 일이었다.

"그렇다면 이렇듯 천마님이 돌아오신 것이 모두 태상장로님이 행한 일 때문이란 말입니까?"

장로의 마지막 물음에 양원패가 고개를 가로저었다.

"아니, 난 그곳으로 함께 들어가기만 했을 뿐. 신마동에서의 모든 일은 유 가주가 행했소."

"백운세가의 가주가!"

"……그래서 천마님과 함께 모습을 드러낸 것이군요."

양원패의 한마디에 유신운을 바라보는 장로들과 가주들의

눈빛이 달라졌다.

신교의 교도도 아니면서 살아 돌아오는 것이 불가능하다고 여겨졌던 신마동에 직접 들어가 천마를 구출해 왔다는 말을 들었으니 호감도가 크게 달라질 만도 하였다.

"흥! 그따위 말 같지도 않은 소설을 교도들이 믿을 것 같더냐!"

진상이 명명백백히 밝혀지며 자신들에게 상황이 여의치 않게 되자, 좌신장 호괴승이 악을 썼다.

"……."

'빌어먹을! 분위기가 완전히 넘어갔다.'

하지만 그의 말에 호응을 하는 이는 아무도 없었다.

싸늘한 시선만이 그와 그의 주인에게 향할 뿐이었다.

한데 그때였다.

"무얼 그리 떠들고 있는 건가."

노기를 뿜어내던 천진중이 얼음장처럼 차가운 목소리로 말을 꺼냈다.

모든 이들의 시선이 그에게 집중하자, 천진중이 입꼬리를 비틀며 천비광에게 말을 꺼냈다.

"이미 새로운 천마는 나로 정해졌다. 새롭게 정립된 질서가 맘에 들지 않는다면 나를 강자존의 법칙으로 꺾으면 그뿐."

스아아아!

콰아아!

"크윽!"

"흐읍!"

말을 끝냄과 동시에 천진중의 전신에서 압도적인 마기가 휘몰아쳤다.

기세를 얻어 천진중의 수하들을 압박하던 신교도들도 흉포하기 그지없는 마기에 깜짝 놀라 몸을 떨었다.

천진중을 바라보는 유신운의 눈이 가느다랗게 떠졌다.

'……조화경의 극(極). 역시 진정한 힘을 숨기고 있었나.'

유신운이 천진중의 힘의 크기를 짐작하던 그때, 상대는 천비광을 비웃으며 말을 꺼냈다.

"왜 나를 이길 자신이 없어 두려운가, 천비광?"

"……."

그에 천비광은 아무런 대답도 하지 않았다.

'역시 내 생각이 맞았군.'

그 모습을 보며 천진중이 썩은 미소를 지어 보였다.

사실 천진중의 도발에는 다른 속내가 있었다.

'후후, 다른 이들을 속였을지는 모르지만 호괴승과의 전투 속에서 난 분명히 보았다. 놈은 지금 분명히 제대로 된 상태가 아니야.'

사태는 방관하며 천비광의 상태만 예의 주시한 결과 나온 결론이었다.

'천비광만 모두가 보는 앞에서 힘으로 꺾어 버리면, 벌레

들의 불만 따위는 전부 사라질 터.'

"날 이길 자신이 없다면 당장 딸년과 함께 내 앞에 무릎을 꿇어라."

한껏 기세등등해진 천진중이 막말을 쏟아 냈다.

"그래, 네 말을 따라 주도록 하지."

'됐다!'

도발에 넘어간 것이라 생각한 천진중이 속으로 쾌재를 불렀다.

"좋다. 그러면 바로 시작하……!"

하지만.

"다만……."

'으응?'

이어진 천비광의 말은 그의 예상과는 전혀 달랐다.

"……네놈의 상대는 내가 아닌 새로운 천마(天魔)가 할 것이다."

새로운 천마?

천비광의 입에서 나온 의외의 말에 진영을 구분하지 않고 무사들이 웅성거리기 시작했다.

그 모습을 지켜보던 유신운이 슬며시 천서린을 바라보았다.

하지만 눈이 마주친 천서린의 표정은 놀랍게도 차분하기 이를 데 없었다.

유신운이 침음을 삼키며 속으로 고심했다.

'여기서 천서린을 후계자로 지명할 생각인가? 나쁘지 않은 생각이긴 하지만……. 천서린이 저놈을 상대하긴 힘들 텐데.'

분명 자신이 천서린의 천마신공의 성취를 크게 진전시켜 놓은 상태이긴 하지만 아직 그녀에게 천진중의 상대는 무리였다.

하지만 그럼에도 그녀가 천진중을 꺾는다면 후대 천마로서의 정당성과 명분을 얻는 일에 최고의 기회이긴 했다.

양날의 검이라는 뜻.

'흠, 내가 은밀히 도와준다면 어떻게든 될 것 같지만…….'

청낭선의술의 금침을 비롯해 천서린을 보조해 줄 수 있는 스킬은 이미 차고 넘쳤다.

하지만 다음 순간.

천마가 천진중의 상대로 호명한 이는 천서린이 아니었다.

"나를 이을 후대 천마는 바로 백운세가의 가주, 유신운이다."

"……!"

그건 바로 유신운이었다.

천비광의 입에서 나온 충격적인 선언에 모두의 눈이 터질 듯 커졌다.

장로들과 사맥의 가주들마저 너무 놀라 아무런 말도 꺼내지 못하고 있었다.

'이 아저씨가 지금 무슨 소리를 하는 거야?'

사실, 이 상황 속에서 가장 당황한 것은 당사자인 유신운이었다.

그조차도 전혀 예상하지 못한 전개였다.

애초에 그는 마교의 힘을 빌리러 온 것이지, 접수하러 온 것이 아니지 않은가.

황당해하는 유신운에게 천비광의 전음이 울려 퍼졌다.

-뭘 그렇게 놀라나.

-이게 대체 무슨 짓입니까?

유신운의 물음에 천비광은 뭘 그런 걸 묻느냐는 듯, 오히려 당당하게 답했다.

-진천마님의 후예가 천마가 되지 않으면 누가 천마의 좌에 오르겠나.

-아니, 그럼 천서린은…….

-서린이와는 이미 대화를 끝냈다. 그 아이도 동의한 부분이다.

-그게 무슨……?

천서린이 동의를 했다고?

유신운이 시선을 돌리자 이전과 같은 차분한 표정으로 천서린이 고개를 끄덕이고 있었다.

'저는 천마의 그릇이 아닙니다. 새로운 신교를 바로 세울 분은 당신입니다, 유 가주님.'

마교에서 온갖 고초를 겪는 과정에서 유신운의 숱한 도움을 받은 천서린은 진심으로 그가 천마의 자리에 어울리는 존재라고 생각하게 되었고, 천비광의 전음에 흔쾌히 자신의 자격을 포기한 것이었다.

"그게 무슨 말 같지도 않은 소리더냐!"

대노한 천진중이 일갈을 토해 냈다.

"신교의 후예도 아닌 외부인을 천마로 삼겠다니! 저따위 놈이 무슨 자격이 있다고!"

천진중이 온몸을 떨며 분노를 쏟아 냈다.

지독한 살기에 가득찬 그의 눈빛은 광기마저 물들어 있었다.

"자격? 차고 넘치지. 그는 진천마(眞天魔)님의 후예니까."

"……!"

천비광의 말에 신교도 전원이 웅성거리기 시작했다.

"진천마?"

"그게 뭐지?"

좌중의 어느 누구도 진천마라는 이름을 들어 본 이가 없었다.

진천마라는 이름에 반응한 것은 오로지 천진중뿐이었다.

'저놈이 그분의 후예라고? 그럴 리 없어. 말도 안 돼!'

하나 그가 그러거나 말거나 천비광의 말은 계속해서 이어졌다.

"진천마란 초대 천마님의 비의를 완성한 천마만이 얻을 수 있는 유일한 칭호! 그리고 그 이름은 당대의 천마만이 알 수 있게 은밀히 전해졌다."

말을 이어 가며 천비광이 한쪽에 손을 뻗었다.

스아아!

"신교의 역사상 그 이름을 얻은 것은 오로지 한 분뿐!"

허공섭물의 묘리가 펼쳐지며 그의 손으로 취임식에 쓰이는 제례용 검이 날아들었다.

세월의 흔적 때문에 날이 다 빠지고 엉망이 된 물건이었다.

'……저 검은.'

'……분명히.'

검을 바라보던 나이가 지긋한 장로들은 새삼 깨달았다.

교주를 대표하는 검으로 흑천마검이 새로이 등극하기 전, 천마를 상징하는 신물은 바로 저 볼품없는 의식용 검이었다는 것을.

"바로 정마대전 이후 모습을 감추신 잔월천마(殘月天魔)님이시다!"

"……!"

잔월천마.

이백 년 전, 신교의 역사상 최고의 기재로 최연소의 나이에 천마의 자리에 올라 전 중원을 상대로 정마대전을 시작한 존재였다.

하지만 항주 함락을 목전에 두고 벌어진 혈무곡 전투에서 의문의 실종을 당하며 신교의 역사 속에서 전설로만 남은 이였다.

'잔월천마······. 그게 영감님의 이름이었군요.'

유신운은 그 별호를 듣는 순간.

그동안 자신이 찾아 헤매던 유일랑의 진명을 드디어 발견했다는 사실을 알아차렸다.

천진중의 수하 중에서도 새롭게 알게 된 사실에 당혹스러움을 숨기지 못하고 동요하는 이들이 생겨나고 있었다.

─진천마라니? 그런 것이 진정 존재하는 것입니까, 교주님?

좌신장, 호괴승마저 다급히 천진중에게 전음을 보내왔다.

그에 천진중이 빠득, 이를 갈며 다시 한 번 일갈을 토해냈다.

"······그따위. 그따위 허무맹랑한 소리를 믿을 것 같더냐! 저놈은 천마의 자격이 없어!"

"자격은 스스로 증명하실 것이다."

천비광은 나직이 한마디를 내뱉은 후, 유신운에게 시선을 돌리더니.

휘익.

처억.

이내 자신이 쥐고 있던 의식용 검을 던졌다.

얼떨결에 건네받은 낡아빠진 검을 든 유신운이 황망한 표정을 지어 보였다.

-참 나, 나보고 갑자기 어떻게 증명을 하라는 겁니까.

-시끄럽고 얼른 검에다 그분의 힘을 불어 넣기나 해라.

막무가내로 행동하는 천마에게 유신운은 욱하여 그의 등짝이라도 한 대 후려치고 싶었지만.

'아오!'

지금 그를 지켜보는 수만의 시선에 한숨을 푹 내쉴 수밖에 없었다.

결국, 반쯤 포기한 유신운이 에라 모르겠다 생각하며 의식용 검에다 유일랑의 순마기를 불어 넣기 시작했다.

스아아!

콰아아!

진기를 전해 받은 의식용 검이 미친 듯이 진동하며 공명음을 쏟아 내기 시작했다.

하지만 그것도 잠시.

투둑.

툭.

유일랑의 마기를 집어삼킨 의식용 검의 형태가 변화하기 시작했다.

녹이 슬어 있던 부분은 본래의 색을 되찾고, 날이 빠져 있던 부분은 완벽히 채워져 갔던 것이다.

우우웅!

우웅!

유신운의 기운에 공명하며 의식용 검이 불어 넣은 순마기의 수배에 달하는 기운을 토해 내기 시작했다.

녀석은 오랜만에 만난 주인에게 반갑다며 인사를 건네고 있었다.

유신운은 그 순간 깨달았다.

'……이 검, 영감님의 검이다.'

천비광이 건넨 이 의식용 검이 이백 년 전 유일랑이 사용하던 애병이라는 것을.

자신을 향해 미친 듯이 공명하는 검을 애잔히 바라보던 유신운은.

'그래, 한번 마음껏 울부짖어 보아라.'

처척!

완전한 모습으로 화한 마검, '멸천(滅天)'을 하늘 높이 들어 올렸다.

쿠아아아!

콰아아아!

"크윽!"

"허억!"

그 순간, 멸천에서 휘몰아치던 순마기의 광채가 드높은 창공으로 솟구쳤다.

그에 좌중의 모든 이들이 고개를 들어 하늘을 바라보았다.

"……!"

"아!"

모든 이들이 저도 모르게 탄성을 내질렀다.

멸천의 빛을 받은 창공에 커다란 구멍이 꿰뚫려 있었기 때문이었다.

경이로운 광경에 압도된 모든 이들은 할 말을 잃었다.

하지만 그 침묵은 오래가지 않았다.

"와아아!"

"천마님의 말이 사실이었어!"

"전설 속 진천마님의 재림이다!"

"신교천세!"

새로운 천마, 유신운을 영접하는 신교도들의 함성이 대연무장을 진동시키고 있었다.

6장

  회월이 그의 의지를 위해 모든 것을 바치는 충신과 같았다
면, 멸천은 폭주하는 맹장(猛將)이었다.

  '평범한 이라면 손에 쥐는 것만으로 마기를 참아 내지 못
하고 광기에 물들겠군.'

  요도(妖刀)와 마검(魔劍)이 닿을 수 있는 최고의 경지에 올라
선 검이 아닐까 싶었다.

  스아아아!

  끊임없이 자신의 순마기를 탐욕스럽게 먹어치우는 멸천에
유신운은 혀를 내둘렀다.

  '영감님의 검다워.'

  우우웅!

그때, 멸천이 공명음을 쏟아 내며 진동했다.

자연스럽게 유신운에게 검의 의지가 느껴졌다.

녀석의 바람은 단순 명료했다.

'주인에게 가져다 달라라…….'

녀석은 자신의 원주인, 즉 유일랑을 원하고 있었다.

미쳐 날뛰는 녀석을 향해 유신운은 단호하게 자신의 의지를 전했다.

'뭐, 네가 하는 것 좀 보고.'

그러자 공명을 멈추고 잠시간 고민하던 녀석은.

스아아아!

콰아아!

이내 결정을 내렸다.

멸천이 빼앗아 간 막대한 순마기가 도로 유신운에게 쏟아지기 시작했다.

주인에게 돌려줄 때까지 힘을 빌려주겠다는 의미이리라.

유신운은 피식 웃어 보였다.

'제 주인처럼 까탈스럽기는.'

그러곤 멸천의 검파를 쥔 손에 다시 힘을 주며 천진중에게로 시선을 돌렸다.

혼란하기 그지없는 상황 속에서.

천진중은 되려 싸늘하게 가라앉은 표정으로 그를 바라보고 있었다.

한데 그때였다.

"하, 하하…… 하하하하!"

갑작스레 천진중이 실성한 사람처럼 광기 어린 웃음을 토해냈다.

"크윽!"

"흐읍!"

천진중의 수하들을 향해 살기를 뿜어내던 마교의 무사들이 자신의 귀를 막으며 고통스러워했다.

천진중의 웃음에 흉포하기 그지없는 마기가 실려 있었기 때문이었다.

시끄러웠던 장내가 한순간에 조용하게 변해 있었다.

모두의 시선이 그에게 쏠리자 천진중이 섬뜩한 한마디를 내뱉었다.

"오냐, 가질 수 없다면 모조리 죽여 주마."

천진중의 마기가 폭풍 속의 파도처럼 휘몰아치기 시작하더니.

쿠오오오!

본단의 시야 너머에서 흉포하기 그지없는 짐승의 울음소리가 울려 퍼졌다.

그리고 거센 돌개바람이 휘몰아치며 백골(白骨)의 거체(巨體)가 모습을 드러냈다.

"저, 저건!"

"악룡이다!"

크아아아!

본 드래곤이 쏟아 내는 드래곤 피어에 신교의 무사들이 두려움에 몸을 떨었다.

하지만 그것이 끝이 아니었다.

파바밧!

촤아아!

혼란한 와중에 대연무장으로 철저히 무장한 일련의 부대들이 속속들이 모습을 드러내었다.

독심마불이 수장으로 있는 마교의 금지된 수많은 술법을 전수받은 귀술대(鬼術隊).

그리고 천진중이 한 명, 한 명을 모두 자신의 손으로 은밀히 키워 낸 암천대(暗天隊)의 무사들이었다.

'말도 안 된다. 한낱 무사들이 어찌 이런 무위를?'

'……나와 동등한 무위를 지녔다고?'

장로들과 사맥의 가주들조차 당혹스러워하고 있었다.

흉흉한 살기를 쏟아 내는 무사들 하나하나가 그들을 압도하는 내공을 지니고 있었기 때문이었다.

모두가 당혹해하는 그때, 천진중이 다시금 사자후를 토해 냈다.

"진정한 천마의 이름으로 명하노니!"

채채챙!

채챙!

그의 첫마디에 귀술대와 암천대의 무사 들이 모두 자신의 병기를 뽑아 들었고.

"내 의지에 반하는 역도들을 모두 참하라!"

촤아악!

서거걱!

"크아악!"

"크억!"

이어진 말에 일말의 망설임도 없이 그들은 자신들에게 대적하는 신교도들을 베어 넘기기 시작했다.

결국 마교의 주인이라는 자리를 두고 전쟁이 발발된 것이다.

순식간에 완벽히 밀리는 형국에서 유신운은 빠르게 명령을 하달했다.

"태상장로님은 가주, 장로님들과 함께 귀술대와 암천대를 맡아 주십시오. 우신장님께는 좌신장을 맡기겠습니다."

"예! 알겠습니다!"

"존명!"

두 사람은 유신운의 말이 떨어짐과 동시에 전광석화처럼 몸을 날렸다.

조금의 망설임도 없이 명령을 따르는 그들의 모습은 완전히 유신운을 후임 천마로 인정한 듯 보였다.

'저 능구렁이 아재 때문에 상황이 이상하게 돌아가고 있지만. 후, 일단은 장단에 어울려 줄 수밖에.'

유신운은 천마로 등극하는 것에 대해서는 끝나고 수습을 하기로 하고 이미 전투를 시작한 두 사람에게 시선을 돌렸다.

"태상장로부터 죽여라!"

"암천대는 검진을 펼쳐라!"

우선 전장의 최중심으로 뛰어든 태상장로 양원패를 향해 귀술대와 암천대의 핵심 전력이 동시에 달려들고 있었다.

귀술대원들이 각자의 술법을 사용했다.

"귀염(鬼炎)의 술!"

"천험(天險)의 주박!"

화르르르!

콰드득!

칠흑의 빛으로 타오르는 거대한 불꽃이 쏟아졌고, 동시에 양원패가 발을 딛고 서 있던 지면에 균열이 생기더니 이내 돌의 파편들이 뱀이 똬리를 틀듯 그의 양발을 붙잡았다.

"추명검월(追命劍月)!"

"삭풍참(朔風斬)!"

움직임이 봉쇄된 그를 향해 암천대의 검수들 또한 자신의 성명절기를 펼쳐 냈다.

절대 피할 수 없게끔 계산된 검로를 짚으며, 한 수만 허용해도 목숨을 잃을 사혈만을 노려 왔다.

그들의 합격은 너무나 쾌속하고 짜임새가 넘쳤다.

한데 그럴 만도 했다.

양원패를 유일하게 남은 걸림돌이라 생각했던 천진중이 그가 지닌 모든 무공을 염두에 두고 확실히 처치할 수 있게끔 만들어 낸 공격이었던 것이다.

칠흑의 불꽃이 양원패의 머리를 집어삼키려던 그때.

'잡았다!'

귀술대와 암천대의 무사들은 모두 자신들의 승리를 직감했다.

그러나 그 순간.

스아아!

양원패의 전신에서 그들이 앞서 파악한 경지보다 훨씬 압도적인 기운이 퍼져 나왔다.

"……!"

"……흡!"

당황한 그들을 향해 칼날에 수많은 검환을 회전시키고 있는 양원패의 검이 날아들고 있었다.

혼마금검 삼십육식(魂魔金劍 三十六式).

오의.

혼마파천(魂魔破天).

콰아아아!

콰가가!

검환들이 수많은 길을 그리며 미쳐 날뛰었고, 그 길에 서 있던 암천대원들의 몸을 뚫고 수많은 바람구멍이 새겨졌다.

털썩.

쿠웅!

감히 막아 내거나 반격을 할 새도 없는 압도적인 일격이었다.

'천마님 덕분에 나는 한계를 넘었다!'

그의 말마따나 양원패의 이런 압도적인 무위는 모두 유신운의 공이었다.

신마동에서 유신운이 건넨 조화신기로 수련을 거듭한 결과.

지난 십여 년간 답보뿐이었던 자신의 한계를 뛰어넘으며 성취가 진일보한 것이다.

"와아아!"

"태상장로님을 따르라!"

다음으로 후열에 있던 귀술대원들에게 달려드는 양원패를 수많은 신교도들이 뒤따르고 있었다.

다음은 사령술사로 거듭난 주태명과 좌신장 호괴승의 싸움이었다.

"내공을 잃은 네놈이 나를 이길 수 있으리라 보는 것이더냐!"

호괴승이 주태명을 노려보며 악다구니를 내질렀다.

우신장과 좌신장의 자리에 오르기 전에도 두 사람은 평생을 경쟁하던 관계였다.

하지만 그 경쟁의 승자는 항상 주태명이었고, 호괴승은 광기에 가까운 자격지심이 남게 되었다.

"그건 싸워 보면 알 수 있는 일이지."

"홍! 건방진 놈!"

호괴승이 전신에서 마기를 폭발시키며 섬광처럼 앞으로 돌진했다.

콰르릉!

공기가 찢어지는 파공성과 함께 호괴승이 주태명의 코앞까지 당도하여 있었다.

"죽엇!"

순간, 주태명이 음의 마나를 끌어 올리며 유신운에게 전수받은 스킬을 시전했다.

우우웅!

우웅!

호괴승의 발치에 널브러져 있던 시체가 기이한 빛을 내며 부글부글 끓어오르고 있었다.

"……!"

당황한 호괴승이 다급히 뒤로 몸을 날리려 했지만.

"시체 폭발."

주태명의 캐스팅이 한발 빨랐다.

기이한 빛을 내던 시체가 풍선처럼 부풀어 오르더니 이내 거대한 폭발을 일으켰다.

콰아아앙!

콰가가!

폭발이 만들어 낸 기운의 파동이 대연무장을 휩쓸고 지나 갔다.

매캐한 냄새와 함께 피어오른 연기가 흩어지고 나자.

"크윽!"

개방의 거지처럼 옷가지가 넝마가 된 호괴승의 처참한 모습이 드러났다.

"드디어 이름에 어울리는 모습이 되었구나, 호괴승."

주태명이 그 모습을 보며 한쪽 입꼬리를 말아 올렸다.

자신만만한 그의 태도를 보며 호괴승이 빠득, 소리가 나게 이를 갈았다.

'크윽, 귀술대의 금술도 아니거늘, 대체 정체가 뭐지?'

그가 고민을 거듭하던 그때.

스아아!

주태명의 등 뒤에 수많은 아지랑이가 피어났고.

"……!"

촤아아!

수백의 날카로운 본 스피어가 모습을 드러내었다.

양원패와 마찬가지로 그의 사령술 또한 빠르게 실력이 상
승하여 있었다.

천진중 쪽의 손쉬운 승리가 예상되었던 결과가 빠르게 뒤
집히고 있던 가운데.

'자, 이제 내 차례군!'

유신운이 진각을 박차며 천진중을 향해 몸을 날렸다.

그의 전신에서 조화신기가 넘실거리기 시작했다.

유신운은 손쉽게 끝내기 위해 소환수들을 모조리 소환하
려 했지만.

ㅡ명심해라. 천진중을 제압하는 건 오로지 천마신공을 통해서 여야만
한다.

그런 그에게 천비광의 전음이 날아들었다.

마교인들에게 진정한 천마로 인정을 받기 위해서는 사령
술이 아닌 무공을 통해 제압할 필요성이 있다는 것을 숙지시
키는 것이었다.

'아쉽지만 어쩔 수 없지.'

유신운은 쩝, 하고 입맛을 다시며 하려던 소환을 모두 취
소했다.

멸천에 다시금 순마기를 불어 넣었다.

크아아!

그런 유신운의 앞을, 본 드래곤이 거센 포효를 내뿜으며
막아섰다.

"놈을 죽여라!"

휘익!

촤아악!

천진중의 명령을 충실히 따르며 본 드래곤이 유신운을 향해 자신의 날개를 휘둘렀다.

칼날처럼 날카롭기 그지없는 뼈 날개에 먼저 베인 본단의 전각 하나가 사선을 따라 무너져 내렸다.

파바밧!

하지만 유신운은 그 공격을 너무나 손쉽게 피해 내었다.

아니, 사실 피할 필요도 없었다.

'그래, 그렇게 대충 인명의 피해가 없게 쓰잘머리 없는 곳만 공격하면 된다.'

천진중은 몰랐지만, 본 드래곤을 조작하고 있는 것은 그가 아닌 유신운이었기 때문이었다.

'당장이라도 소유권을 빼앗아 올 수 있지만.'

유신운은 천진중이 본 드래곤을 유지하느라 쌓아 둔 내기를 소모하게끔 방치하고 있었다.

파밧!

타닥!

이어진 공세를 피하며 본 드래곤의 등 위로 올라선 유신운은 뼈 위를 질주하며 천비광에게 전음을 날렸다.

―거기서 놀고먹지 말고 아재가 좀 마룡이랑 좀 놀아 주고 있으쇼.

─……쯧. 연기에는 흥미가 없지만 어쩔 수 없군.

천진중의 예측처럼 현재 천비광은 제 상태가 아니었다.

현계로 돌아오자마자 분신들을 모두 흡수하며 제 힘을 되찾은 유신운과 달리, 그는 아직 명계에서의 일의 여파로 전투를 할 정도의 충분한 내기를 회복하지 못한 탓이었다.

하지만 그렇다고 천비광의 나약해진 모습을 보여 줬다가는 사기가 떨어질 위험이 있었기에.

유신운은 본 드래곤과 대충 싸우는 시늉만 하게끔 조치한 것이다.

'빌어먹을! 마룡이 왜 이 정도의 힘밖에 내지 못하는 거지?'

그러나 그 사실을 모르는 천진중은 내기만 미친 듯이 빨아들일 뿐, 제대로 된 성능을 내지 못하는 본 드래곤을 원망의 눈빛으로 노려보고 있었다.

하나 그때였다.

"천진중!"

천진중을 향한 유신운의 포효가 창공에서 울려 퍼졌고.

"……흐읍!"

채채챙!

채챙!

목소리가 전장에 떨쳐 울림과 동시에 어느새 본 드래곤을 넘어선 유신운이 단 일 보만에 천진중의 코앞에 당도하여 참격을 쏟아 내고 있었다.

'망할 애송이가!'

겁도 없이 자신에게 달려드는 유신운을 보며 천진중은 분노로 몸이 끓었다.

그의 생각 속에서 유신운은 실력이 아닌, 운이 좋아 한자리를 차지한 애송이에 불과했기 때문이었다.

이곳에서 자신을 대적할 수 있는 적은 오로지 천마 천비광뿐이라 여기고 있었다.

눈에 보이지 않는 속도로 코앞까지 당도한 천진중은 빛살처럼 발검하곤 유신운에게 제 검을 휘둘렀다.

허공에서 두 사람의 검날이 맞부딪쳤다.

쾅르르르!

쾅가가!

그와 동시에 두 검이 격돌하며 생긴 거대한 충격파가 돌풍처럼 대연무장을 휩쓸고 지나갔다.

단 일 합을 교환한 것임에도 마치 태풍이 지나간 것 같은 여파가 남아 있었다.

양측 진영의 무사들 모두가 충격파에 휩쓸려 몸을 제대로 가누지 못하다가 겨우 정신을 차리곤 두 사람을 확인했다.

어느새 유신운과 천진중은 약간의 거리를 벌리고 상대를 향해 쏟아 낼 다음 공격을 준비하고 있었다.

그때, 두 사람의 검을 바라보던 양측 진영의 무사들이 놀란 반응을 토해 냈다.

"저건……!"

"천마진기(天魔眞氣)!"

두 사람의 검에는 천마신공의 기운을 상징하는 염열기(炎熱氣)가 동시에 타오르고 있었다.

다만 차이가 있다면 천진중의 불꽃은 사이한 보랏빛, 유신운의 불꽃은 흉험한 칠흑의 빛으로 타오르고 있다는 것이었다.

이 순간, 서로를 노려보고 있는 두 사람의 표정은 사뭇 달랐다.

유신운의 얼굴에는 생사결을 다투는 중이라고 생각되지 않을 정도로 여유가 넘쳤던 반면.

'……저놈이 정말로 천마신공을 익히고 있었단 말인가?'

천진중의 얼굴에는 당혹감과 충격이 동시에 떠올랐다.

자신과 천비광의 것과는 전혀 다른 칠흑의 불꽃.

이질적이면서도 격이 다른 강대함이 느껴지는 마기.

천진중의 시선은 유신운이 쥐고 있는 멸천에서 떨어질 줄을 몰랐다.

-자격? 차고야 넘치지. 그는 진천마(眞天魔)님의 후예니까.

순간 천진중의 머릿속에 천비광이 내뱉었던 한마디가 끝

없이 메아리치고 있었다.

'그따위 웃기지도 않은 헛소리가…….'

사실이었다는 말인가.

파바밧!

"……!"

아직 생각이 채 정리가 되기도 전.

또 한 번의 선풍이 일며 유신운의 신형이 그 자리에서 사라졌다.

눈앞에서 흔적을 놓친 천진중이 벙찐 얼굴로 주변을 급히 살폈다.

하지만 아무리 두 눈에 마기를 쏟아 내도, 기감의 영역을 촘촘히 그물처럼 펼쳐 기척을 살펴도.

'사라졌다고? 이게 무슨……!'

유신운의 기운은 어디에도 느껴지지 않았다.

그의 등줄기로 식은땀 한줄기가 흘러내리던 그때.

촤아아…… 콰가가가!

지진이라도 일어난 듯이 지축이 어지럽게 뒤흔들리며 사라졌던 유신운의 신형이 천진중의 등 뒤에서 나타났다.

"크흡!"

등장하는 그 순간까지 유신운의 움직임을 파악하지 못했던 천진중이 저도 모르게 헛숨을 삼켰다.

-완성에 가까운 천마군림보(天魔君臨步)는 세계의 법칙조차 무참히 짓밟는다.

다급히 방어식을 펼치는 천진중의 머릿속에 대대로 마교에 전해져 내려오는 한 구절이 떠올랐다.
'……죽여 버리겠다!'
하지만 그는 가슴 깊은 곳에서 처음으로 생겨난 의문의 감정을 차오르는 살의로 급히 뒤덮은 후, 천서린에게서 빼앗은 천마신공의 1초식을 펼쳐 냈다.

천마신공(天魔神功).
1초식.
염화직강(炎火直强).

맹렬히 타오르는 보랏빛 불꽃이 검날 위에서 춤을 추고 있었다.
쐐애애액!
콰가가!
천진중은 나타난 유신운의 머리를 장작처럼 반으로 쪼개 버리기 위해 떨어지는 천둥처럼 제 검을 내리꽂았다.
엄청난 마기에 공기가 타들어 가며 숨을 쉬는 것조차 어려운 상황이 펼쳐졌지만.

'……웃어?'

천진중의 말처럼 유신운은 조금의 위기감도 없이 여유로움이 아직도 가득했다.

자신에게 추락하는 천진중의 검을 직시하며.

'하나부터 열까지 똑같은 초식으로 파훼해 주마.'

유신운 또한 하나의 초식을 준비했다.

화르르르!

콰르르!

순마기로 이루어진 마염(魔炎)이 멸천의 검날을 뒤덮고 거센 폭풍처럼 휘몰아치고 있었다.

뇌운십이검 신운류.

천마식(天魔式).

염화직강(炎火直强).

땅을 바라보던 유신운의 검이 역천(逆天)의 기세로 하늘을 향했다.

상하(上下)의 방향만이 다른, 똑같은 검식이 서로의 목숨을 노리며 교차하고 있었다.

화르르르!

검은 불꽃과 보랏빛 불꽃이 서로를 살라 먹으려 제 입을 크게 벌렸다.

승자는 순식간에 결정되었다.

'말도 안⋯⋯!'

천진중의 터질 듯 확장된 두 눈 뒤에.

콰아아앙!

콰가가!

또 한 번의 거대한 충격파가 주변을 휩쓸고 지나갔다.

"피, 피해!"

"크아악!"

충격파는 닿는 것만으로도 살이 시꺼멓게 타들어 가는 극한의 염기를 품고 있었기에 여기저기서 비명이 터져 나왔다.

하지만 온몸이 타들어 가는 고통에 호소하는 피해자는 모두 천진중의 진영의 무사들뿐이었다.

보랏빛 불꽃을 포식한 검은 불꽃은 마치 살아있는 의지를 지닌 것처럼 적들만을 집어삼킨 것이다.

"크윽!"

그러던 찰나, 겨우 공격을 피해 내고 다시금 거리를 벌린 천진중이 빠득, 소리 나게 이를 갈았다.

검을 쥐고 있던 오른 소맷자락이 흔적도 없이 타들어 가 있었다.

방심의 대가는 컸다.

사라진 소맷자락 아래로 짓뭉개진, 심각해 보이는 오른팔의 화상이 보이고 있었다.

'빌어먹을! 천비광과 대등한 실력자였다니.'

천진중이 얼음장처럼 차갑게 가라앉은 시선으로 유신운을 노려보았다.

촤라라!

스르르!

하나 유신운은 일말의 감정도 담기지 않은 눈빛으로 다음 공격을 준비할 뿐이었다.

촤앗!

파바밧!

다시금 진각을 박차며 앞으로 돌진한 유신운의 신형이 자리에서 사라졌다.

똑같은 기습을 당할 순 없었기에 천진중이 진기를 발바닥의 용천혈로 집중했다.

'네놈도 나를 쫓지 못하리라!'

그 또한 전력으로 천마군림보를 펼치며 상대의 시야에서 벗어났다.

눈으로 쫓을 수조차 없는 속도로 맹렬히 움직이며 상대가 나타날 방위를 수없이 확인했다.

파밧!

'……!'

하지만 그런 그의 노력은 너무나 허무하게 수포로 돌아갔다.

또다시 조금의 기운의 흐름도 없이 눈앞에 나타난 유신운은 그의 복부를 향해 횡으로 검을 휘둘렀다.

2초식 염천단횡(炎天斷橫)이었다.

"크악!"

쿠우우웅!

단말마의 비명과 함께 천진중이 대연무장 한쪽의 외벽에 날아가 처박혔다.

"쿨럭! 킥!"

볼품없이 몸을 꿈틀대던 천진중이 입에서 검은 피를 토했다.

'크으윽!'

기운을 모두 돌려 호신강기로 겨우 몸을 강화한 탓에 반으로 잘리지는 않았지만, 어마어마한 고통이 느껴졌다.

갈비뼈가 모조리 박살이 난 것 같았다.

"교, 교주님."

"이럴 수가……."

압도하리라 믿었던 천진중이 비등도 아닌 처참하게 밀리는 광경을 목도한 무사들이 침음을 흘려 댔다.

'이대로는 아군의 사기가…….'

웅성거림이 심해지자 천진중이 비틀거리며 몸을 일으켰다.

'이대로는 안 돼. 아직 완벽하게 숙달하진 않았지만, 중반

부와 후반부까지 사용해 본다.'

천진중이 승리를 위해 무던히 고심을 거듭하던 찰나.

유신운은 승부 따위는 안중에도 없었다.

'최대한 끔찍하고 처참하게 짓밟아 주마.'

그에게 지금 천진중과의 전투는 그저 지금까지 상대가 쌓아 온 악행의 대가를 철저히 치르게 해 주는 것에 불과했던 것이다.

화르르르!

화르르!

"으아아아!"

그러던 그때, 천진중의 전신에서 강대한 마기가 들끓어 오르기 시작했다.

염천뢰(炎天雷)가 발동된 여파였다.

뇌운십이검의 6초식인 묵천뢰와 마찬가지로 염천뢰는 삼갑자의 내공을 한 번에 격발시켜 신체 능력과 감각의 한계를 돌파함과 동시에 중반 4초식을 사용할 준비를 하는 초식이었다.

"저게 교주님의 진정한 힘!"

"이제 네놈은 끝이다!"

천진중의 전신에서 쏟아지는 압도적인 마기에 수하들이 쾌재를 부르고 있었다.

하지만 유신운은 그의 모습을 보며 속으로 한껏 비웃고 있었다.

'멍청한 놈, 이제 걷잡을 수 없이 몸이 망가지게 될 거다.'

유신운이 천진중에게 전수한 반쪽짜리 천마신공이 맹독의 힘을 발휘하는 부분이 바로 중반부부터였다.

놈은 지금은 전혀 짐작하지 못하고 있지만, 하나씩 초식을 펼쳐 낼 때마다 지옥의 고통을 맛보게 될 것이다.

"유신운!"

타닷!

파바밧!

분노가 담긴 일갈을 토해 내며 천진중이 유신운에게로 전광석화처럼 날아들었다.

그의 검에 넘실거리는 보랏빛 불꽃은 이제 강기와 합쳐져 먹이를 노리는 이무기와 같은 모습이 되어 있었다.

화르륵!

쐐애액!

유신운은 자신을 향해 달려드는 천진중을 향해 천염융파 (天炎隆波)를 펼쳐 냈다.

수십 갈래로 쪼개진 마염의 검강이 허공에 그물처럼 펼쳐 지며 천진중을 집어삼키려 했다.

"이따위 것!"

쐐애액!

카드득!

천진중은 달려드는 속도를 조금도 늦추지 않고, 발밑의 대지를 자신의 검으로 베어 냈다.

화르르!

콰아아!

급속히 치솟아 오르는 강기의 벽에 천염융파의 불꽃이 모두 흡수되었다.

유신운의 공격을 방어 초식, 염쇄벽(炎鎖壁)으로 가뿐히 막아 낸 천진중은 두 번의 걸음 만에 유신운의 눈앞까지 당도했다.

"죽엇!"

그러곤 곧장 왼발을 축으로 맹렬히 회전하며 중반부 7초식을 펼쳐 냈다.

천마신공.

칠 초.

오의(奧義) 천염신살(天炎神殺).

콰아아앙!

거대한 폭발과 함께 유신운의 흉부 옷자락에 칼자국이 새겨졌다.

'됐다!'

옷에 가려져 큰 상처인지는 정확히 확인되지 않지만, 처음으로 적중한 공격에 천진중이 회심의 미소를 지었다.

쐐애액!

콰가가가!

이때다 싶었던 천진중이 다시 한 번 천염신살을 펼쳐 냈다.

하지만.

천염신살의 불꽃이 향한 곳은 유신운뿐만이 아니었다.

끄르르!

검식을 펼치는 천진중의 얼굴을 비롯한 전신의 핏줄이 두껍게 솟았다.

그뿐 아니라 온몸에 흐르는 피가 끓어오르듯이 뜨겁게 달아올랐다.

'끄으윽! 이건……!'

지금까지의 고통은 장난으로 느껴지는 한계를 벗어난 수준의 고통이 느껴졌다.

온몸의 모든 부위가 비명을 지르며 그에게 말한다. 지금 당장 검식을 멈추라고.

'그럴, 수는 없……어!'

하지만 이미 돌아가기에는 너무 먼 길을 넘어왔다.

쐐애액!

상처를 낸 흉부에 다시 한 번 검을 꽂아 넣을 기세로 천진중이 검을 날카롭게 찔렀다.

하지만 상대가 가까워져 올수록 천진중의 표정이 이상하게 변해 갔다.

'……무슨?'

분명히 중상을 입혔다고 생각했던 부분이 드러나자.

옷만 잘려져 있을 뿐, 생살에는 생채기조차 나지 않아 있었다.

'함정……!'

천진중이 그렇게 자신이 농락당했다는 사실을 알아차렸지만, 때는 너무 늦었다.

스르릉!

유신운이 빈손이었던 왼손에 회월을 꺼내 들었다.

화르르륵!

콰가가!

오른손에는 멸천이 왼 손에는 회월이 칠흑의 마염을 두르고 흉험한 빛을 내뿜기 시작한다.

강기와 불꽃이 하나로 합쳐지며 나선의 형상으로 뒤바뀌자.

"끝이다, 천진중."

"으아아! 이 개자……!"

유신운이 최후의 발악을 하는 천진중을 향해 춤을 추듯 쌍검의 참격을 펼쳐 냈다.

뇌운십이검 신운류.

천마식 후반 2초.

비전오의(祕典奧義).

무쌍나선(無雙螺旋).

쌍검의 칼날 끝에서 펼쳐진 나선의 태풍이 천진중을 갈가리 찢어발기기 시작했다.

천진중의 인생은 절대적인 승자의 삶이었다.

태어나면서부터 시작되는 신교의 약육강식 싸움에서 그는 자신과 맞붙은 모든 이들을 비참한 패자로 만들며 군림해 왔다.

그가 힘으로 꺾지 못한 것은 단 한 명, 바로 천마 천비광뿐이었다.

하지만 그런 그조차 천진중의 암수에 모든 것을 빼앗기고 죽음의 문턱까지 갔다.

그런 압도적인 강자의 삶이었기에, 천진중은 자신도 모르게 한 가지의 '감정'을 상실한 채로 살아왔다.

'이건 피해야 한다.'

자신의 시야를 뒤덮는 나선 강기들을 보며 천진중이 반격할 의지를 버리고는 회피에만 모든 신경을 곤두세웠다.

달려들었던 자신의 걸음을 급히 멈추며 피할 수 있는 방위를 재빨리 훑어본다.

하지만 눈을 돌린 순간, 그는 깨달았다.

'피할 곳이 없……!'

발을 뻗을 수 있는 팔방(八方)의 모든 곳을 이미 상대의 나선 강기가 먼저 차지하고 있다는 것을.

자신의 몸을 난도질하기 위해 흉포한 이빨을 들이미는 나선 강기들을 보는 순간.

쿵!

쿵쿵!

귓속에 한 번도 듣지 못한 거대한 진동음이 울려 퍼진다.

'대체 무슨……?'

곧이어 갑작스러운 의문의 소리의 정체를 깨달으며 경악했다.

그건 다름 아닌 미친 듯이 뛰는 자신의 심장 소리였다.

그 사실을 깨닫는 순간, 천진중은 평생토록 느껴 보지 못한 감정이 안개처럼 온몸에 퍼졌다.

인정하고 싶지 않지만, 처음으로 느끼는 죽음의 '공포'였다.

푸푹!

서걱!

"끄그……!"

쌍검에서 펼쳐진 무쌍난무의 강기가 천진중의 온몸을 난자하기 시작했다.

오로지 상대의 끔찍한 고통과 죽음만을 바라는 의념을 담은 강기의 폭풍은 조금의 자비도 없었다.

쐐애액!

촤아아!

실이 풀린 꼭두각시 인형처럼 천진중의 몸이 허공에서 세차게 흔들렸다.

'끄아아악!'

생전 처음 느껴 보는 극한의 고통에 천진중은 비명을 내지르고 싶었지만, 소리를 내뱉을 여유조차 없었다.

모든 마기를 전신에 호신강기를 두르는 데에 사용하고 있지만 끝없이 이어지는 강기의 파상 공세를 전부 막아 내는 것은 무리였다.

서거걱!

끔찍한 절삭음과 함께 천진중의 몸에서 찢겨 나간 덩어리 하나가 허공으로 팍하고 튀어 올랐다가 이내 한참 전투 중인 신교 무사들의 싸움터로 툭 떨어졌다.

"허억!"

"교, 교주님!"

"말도 안 돼……."

곧이어 자신들의 발치에 떨어진 물건이 무엇인지 알아차린 천진중 진영의 마인들이 경악한 반응을 토해 냈다.

"크아아악!"

고통에 찬 천진중의 비명이 울려 퍼짐과 동시에.

주인에게 버림받은 천진중의 오른팔이 검을 그대로 쥔 채 볼품없이 땅바닥을 나뒹굴고 있었다.

'저분이 바로……'

'진천마……!'

의심을 가지고 있던 양측 진영의 마교도들은 이제 모두 인정할 수밖에 없었다.

눈앞의 유신운이 진정한 천마의 후예라는 것을 말이다.

"크윽!"

"커컥!"

그러던 그때, 귀술대와 암천대의 대주들이 양원패에 의해 심장이 꿰뚫려 죽음을 맞이했다.

푸푸푹!

푸푹!

수백의 본 스피어가 온몸에 박힌 좌신장 호괴승이 힘을 잃고 지면에 무릎을 꿇었다.

"교……주, 님."

바람 앞의 촛불처럼 흔들리는 두 눈으로 천진중을 바라보는 그의 모습에서 생명력이 빠르게 꺼져 가고 있었다.

어느 전장에서도 승전보가 울려 퍼지지 않자, 천진중 진영의 마인들이 당황하며 공황 상태에 빠졌다.

'좋아, 이쯤에서 끝내면 되겠군.'

그 모습을 슬쩍 지켜본 유신운이 확실한 마침표를 찍기로 결정했다.

유신운은 본 드래곤과 치열한 전투를 치르는 척 연기하고 있는 천마에게 슬쩍 눈짓을 보냈다.

-알았다.

금세 눈빛의 의미를 알아차린 천비광이 전음을 보내왔다.

스아아아!

촤아아!

유신운의 전신에서 조화신기가 파도처럼 넘실거리기 시작했다.

'이, 이건? 아, 안 돼!'

고통에 몸부림치던 천진중은 자신의 몸 내부에서 마기마저 이유 없이 폭주하기 시작하자 당황을 감추지 못했다.

쿠오오!

본 드래곤이 거친 포효를 내뿜었다.

유신운이 천진중에게 넘겨주었던 본 드래곤의 소유권을 다시금 빼앗던 것이었다.

파밧!

천비광이 천마군림보를 펼치며 본 드래곤에게로 달려들었다.

스아아!

촤아아!

천비광의 흑천마검에 겁화와 같은 염기가 휘몰아치고 있었다.

크롸아!

본 드래곤이 거대한 두 날개를 펼치며 그런 천비광에게 대적했다.

하지만 본 드래곤의 공격에는 조금의 살의도 없었다.

그저 공격하는 척 연기를 하는 것뿐이었다.

좌아아아!

쐐애액!

천비광 또한 최대한 겉으로 보기에 화려해 보이는 초식을 펼쳤다.

유신운에게 소유권이 넘어간 본 드래곤에게 어떤 피해도 주지 않기 위해서였다.

콰아아앙!

콰르르!

천비광의 검에서 뿜어진 거대한 염기가 본 드래곤에게 적중하며 화려한 불꽃이 하늘을 수놓았다.

키에에!

본 드래곤이 마치 고통에 몸부림치듯 허공에서 구슬픈 울음을 토해 내며 지면으로 추락했다.

쿠우우웅!

거대한 충격음과 함께 본 드래곤의 거체가 지면에 처박혔다.

"아아……!"

"……!"

그 처참한 모습에 마룡에 마지막 희망을 담고 있던 천진중 진영의 무사들이 탄식을 내뱉었다.

전투는 막바지를 향해 흘러가고 있었다.

"전쟁은 끝났다! 모두 투항하라! 항복하는 자는 목숨만은 살려 주겠다!"

천서린이 때를 놓치지 않고 사자후를 터뜨렸다.

그녀의 말에 수많은 이들의 동공이 지진이라도 난 듯이 흔들리고 있었다.

하지만 그것도 잠시.

쨍그랑!

채챙!

사기가 떨어질 때로 떨어진 무사들이 패배를 직감하고는 하나둘씩 자신의 검을 바닥에 떨어뜨리고 있었다.

시작이 어려웠을 뿐, 투항하는 자들의 수는 급속도로 늘어났다.

그때 잘려 나간 팔에서 쏟아지는 출혈을 뒤늦게 혈도를 짚어 막아 낸 천진중이 패색이 짙어진 전장을 보며 분노를 쏟아 냈다.

'나의 비원이 이렇게 끝이 날 순 없다!'

그는 천마신기를 끌어 올리며 사자후를 터뜨려 수하들의 이탈을 막아 내려 했지만.

"쿨럭! 커억!"

목구멍에서 나오는 것은 목소리가 아닌 검게 물든 핏물뿐이었다.

기운을 끌어 올릴수록 내기가 오히려 자신의 전신에 독처럼 퍼져 나갔다.

이유를 알 수 없는 상황에 천진중이 당혹감을 숨기지 못했다.

"어째 훔쳐 배운 천마신공이 영 시답잖은 모양이군."

순간 그런 천진중을 비웃으며 유신운이 비릿한 미소를 지어 보였다.

'설마……!'

천진중은 뒤늦게 이 모든 사태가 상대가 전수한 천마신공에 있음을 깨달았다.

인간의 영역을 벗어난 천상의 무공인 천마신공을 자신의 의지대로 변형하는 것이 가능할까 싶지만 자신의 상태는 그것밖에는 설명이 불가했다.

그가 거친 숨을 휘몰아치고 있던 그때, 본 드래곤을 잠재운 천비광이 시선을 맞추며 말을 꺼냈다.

"발악은 그쯤하고 항복해라, 천진중."

"쿨럭! 닥……쳐라!"

평생을 다퉈 온 상대가 패배를 인정하라는 말을 꺼내자, 천진중이 온몸을 부르르 떨며 분노를 토해 냈다.

'내가 가질 수 없다면……!'

실핏줄이 전부 터져 두 눈이 전부 시뻘건 혈안(血眼)이 된 천진중에게서 진한 광기가 느껴지고 있었다.

'모든 것을 없애리라!'

스아아!

촤아아!

천진중의 전신에서 끔찍한 살기와 함께 다시금 막대한 마기가 차오르기 시작했다.

유신운이 놈을 보며 미간을 좁혔다.

'정말 마지막 발악이군.'

유신운은 한눈에 놈이 최후의 생명력이라 할 수 있는 선천진기를 모조리 불사르고 있다는 사실을 알아차렸다.

스아아!

촤아아!

유신운의 쌍검에 다시금 순마기가 휘몰아치기 시작했다.

파바밧!

쿠웅!

기회를 주지 않겠다는 듯, 유신운이 천마군림보를 전력으로 펼치며 천진중에게 달려들었다.

하나 그보다 천진중의 수법이 한발 빨랐다.

푸푹!

푸푸푹!

남은 한 손으로 재빨리 자신의 혈도를 순서대로 짚었다.

"크아아아!"

'저건!'

얼굴을 포함해 온몸에 핏줄이 돋아 오른 모습의 천진중이 거친 포효를 내뿜었다.

─피하게!

그에 천비광 또한 상대가 하려는 행동을 알아차리곤 급히 유신운에게 신호를 보냈다.

촤앗!

파밧!

유신운은 천비광의 전음에 목을 베려던 것을 멈추고 순식간에 거리를 벌렸다.

상대가 어떤 수법을 사용하는지 모르기에 무리할 필요는 없었다.

"그르르르!"

결코 인간의 것이 아닌 짐승의 목소리가 울려 퍼졌다.

고개를 숙이고 있던 천진중이 유신운을 노려보았다.

놈의 두 눈에 검은자위가 사라지고 흰자위만이 남아 있었다.

유신운이 광기와 살기만이 번들거리는 흉포한 눈빛을 마

주보던 그때.

─역천혈라대법(逆天血羅大法)이네. 자신의 목숨을 바쳐 강대한 힘을 얻는 금공(禁功)이지.

천비광의 전음이 들려왔다.

"크아아!"

파바밧!

촤아아!

순간 천진중이 포효와 함께 대연무장으로 전광석화처럼 몸을 날렸다.

서거걱!

콰가가가!

"크아악!"

"왜, 왜?"

이지를 상실한 괴물은 피아를 구분하지 못했다.

놈은 자신의 수하들을 칼날처럼 날카롭게 솟아오른 손톱으로 찢어발겼다.

투항하지 않고 끝까지 버티던 이들이 자신의 주인에게 죽임을 맞이하고 있었다.

'비참한 말로군.'

피해가 늘어 가자 유신운 또한 몸을 날렸다.

채챙!

콰가가!

또 한 명의 수하의 목을 향하던 놈의 손톱이 유신운의 쌍검에 가로막혔다.

"그르르!"

유신운을 인식한 천진중이 끔찍한 살기를 토해 냈다.

놈은 보이지도 않은 속도로 연이어 팔을 휘둘렀다.

무공이 아닌 오로지 본능에 의한 공격이었다.

쐐애액!

콰가강!

손톱이 닿은 허공이 칼로 베인 것처럼 균열이 발생하며 초승달 모양의 충격파가 끝없이 유신운에게 쏟아졌다.

상대가 닿았던 경지를 넘어선 기운에 유신운은 살짝 놀랐지만.

'하지만 그뿐.'

천진중이 목숨을 태워 가며 올라선 경지조차 유신운이 닿은 생사경에는 미치지 못했다.

좌라라라라!

서거거걱!

멸천과 회월의 칼날이 수백, 수천 끝없이 교차하기 시작하며 초승달 모양의 충격파들을 흔적도 없이 소멸시켜 버렸다.

스아아아!

파즈즈!

유신운의 쌍검에서 타오르던 염기(炎氣)가 푸른 뇌기(雷氣)

로 변화했다.

"크, 크아아!"

유신운의 압도적인 기운에 천진중이 공포를 느끼며 등을 돌려 도망가기 시작했다.

모든 감정을 지우고 살의만이 남는 역천혈라대법이 실패할 정도로 유신운의 기운은 강대하기 그지없었다.

파앗!

유신운이 천마군림보를 펼치며 도주하는 놈을 뒤따랐다.

그의 발걸음을 따라 푸른 뇌기가 튀어 올랐다.

"……!"

찰나 만에 적의 앞을 차지한 유신운이 양쪽으로 넓게 펼친 쌍검을 가위처럼 교차했다.

'끝이다.'

서거걱!

프스스!

참혹한 절삭음과 함께 천진중의 텅 빈 목에서 핏줄기가 솟구쳤다.

투둑!

데구르르!

눈을 채 감지 못한 천진중의 수급이 바닥을 뒹굴었다.

그 처참한 광경을 지켜보던 천진중 진영의 모든 무사들이 넋을 잃었다.

후대 천마에 올라 신교의 무림일통을 울부짖던 마두의 최후라고 보기에는 너무나 볼품없었다.

싸아아!

충격에 모든 이들이 어떤 소리조차 내지 못하고 있었다.

"신교도들은 새로운 천마를 영접하라!"

한데 그때, 주태명이 대연무장이 떠나가라는 듯, 큰 소리로 포효했다.

"충(忠)!"

"신교천세!"

신교의 무사들이 새로운 천마의 등극을 축하하고 있었다.

7장

마교의 주인이 바뀌었다.

천진중을 처치한 유신운은 천비광에게 반강제로 이끌려 천마전의 주인이 되었다.

갑작스러운 권력의 교체로 인해 발생하는 어쩔 수 없는 혼란은 이례적으로 빠르게 제압되었다.

태상장로 양원패를 필두로 장로원 전원이 유신운에 대한 충성을 맹세했고, 우신장 주태명이 과거의 수하들을 소집해 흑풍위(黑風衛)라 불렸던 교주 친위대를 다시금 부활시키며 유신운의 힘을 공고히 했다.

천비광에 의해 존재가 증명된 천서린은 핏줄과 천마신공을 익히고 있다는 정통성이 인정되며 새로운 좌신장의 자리에 올랐다.

그녀는 유신운이 행보하는 모든 곳에 함께하며, 이제 수하로서 최선을 다해 보필하고 있었다.

그리고 천서린은 좌신장과 함께 또 다른 역할을 맡았다.

"저자는 죄 없는 신교도들을 몰래 납치하여 자신의 무공을 진전시키기 위한 희생양으로 삼은 자입니다. 새로운 신교의 일원이 될 자격이 없으니 즉시 처형하세요."

"예! 죄인을 끌고 가라!"

생포한 천진중의 잔당을 한 명, 한 명 모두 심문하며 죗값을 치르게 하고 있었던 것이다.

그녀는 천진중에 의해 끔찍한 고문을 받았음에도 이 일로 인해 조금의 잡음도 나오지 않도록 깔끔하게 처리했다.

천진중의 협박과 위력에 의해 어쩔 수 없이 힘을 보태야 했던 이들과 잔혹한 행사에 동조하지 않았던 이들은 별다른 처벌 없이 남겼고.

앞장서서 천진중의 끔찍한 명령을 따랐던 이들이나 죄질이 심한 자는 즉각 처형하거나 자신이 갇혔던 뇌옥에 처박았다.

감정이 실리지 않고 냉정하게 해결을 하니 마교의 혼란은 빠르게 사라져 갔다.

그렇게 시간은 빠르게 흘러 천진중이 사망한 지 벌써 며칠이란 시간이 흘렀다.

그리고 소문은 빠르게 퍼져갔다.

－백운검제(白雲劍帝)가 십만대산의 새로운 천마가 되었다!

드넓은 중원의 어느 지역을 가더라도 그 소식으로 객잔과
저잣거리가 시끄러웠다.

한데 그럴 만도 했다.

정검맹과 함께 정파의 쌍벽을 이루는 백운세가, 아니 이제
는 청천맹(晴天盟)이라 불리는 거대 단체의 수장이 마교의 수
장이 된 꼴이었으니까.

이 사태를 바라보는 사람들의 반응은 극과 극으로 나뉘었
다.

－정검맹주의 말이 사실이었나 보군!

－백운검제는 무슨 정파를 저버린 백운마제(白雲魔帝)였어!

－마교의 세작 놈 하나에게 모두가 놀아난 꼴이라고!

정파의 맹주가 천마신교의 교주가 된 전대미문의 사태에
대노하며 이때까지의 유신운의 모든 행적을 깎아내리는 자
들도 있었고.

－담천군, 그 역적 놈이 황실을 향해 감히 칼을 뽑은 마당

에 손을 못 잡을 곳이 어디 있겠나.

─백운검제께서 정사(正邪)도 하나로 만들었으니 그다음은 마(魔)의 차례가 아니겠는가.

유신운의 행보를 따라오며 깊게 신뢰를 새긴 이들은 이런 사건조차 수긍하며 더욱 거센 지지를 표명했다.

범인(凡人)들이 그럴진대 청천맹의 맹원들의 반응 또한 가벼울 리 없었다.

본래부터 백운세가에 속해있던 맹원들은 이런 상황에서도 조금의 미동도 없었지만.

"……사파인들까지는 이해했지만, 나는 천산의 마인들까지는 용납하지 못하겠소이다."

"사문의 복수를 하기 위해 마인과 손을 잡아야 한다면…… 나는 정검맹으로 돌아가겠소."

일천회의 소속이었던 구파일방의 무인들 중에서는 크게 낙심하며 정검맹으로 이탈하는 이들이 생겨나는 여파가 발생한 것이었다.

다가오는 대란(大亂)을 감지하지 못하고 청천맹의 내부가 혼란하기만 한 가운데.

이 모든 소란의 핵이 위치한 천마신교 또한 시끄럽기 그지 없었다.

천마신교, 천마전.

모두가 잠든 깊은 밤이 되었건만, 아직 천마전의 불빛은
꺼지지 않고 있었다.

아침만 하더라도 사맥의 가주들과 장로들이 유신운과 함
께 긴 회의를 이어 갔지만, 어느새 방 안에 남은 것은 네 사
람뿐이었다.

유신운과 천비광이 서로를 노려보며 팽팽한 기 싸움을 벌
이고 있었다.

우신장 주태명과 태상장로 양원패는 그 사이에서 어찌할
줄을 모르고 있었다.

그런 찰나, 유신운이 입을 열었다.

"할 겁니다."

"안 된다."

"싫습니다."

"나도 싫다."

한 치의 물러섬도 없이 두 사람은 한 화제에 대해 논쟁을
벌이고 있었다.

고집을 부리는 천비광에 유신운의 이마에 화를 참지 못하
고 혈관이 돋아 올랐다.

"……하겠다고 말했습니다."

"그래, 난 안 된다고 말했다."

"아, 정말!"

유신운은 결국 화를 참지 못하고 큰 소리를 내고 말았다.

"지금 소문이 돌며 상황이 이상해지는 게 안 보이십니까?
빨리 천서린한테 교주 자리를 양도하는 게 답이라니까요!"

"불가한 일이다. 그 아이는 아직 천마의 좌에 오를 자격이
없다."

그랬다.

지금까지 유신운은 얼떨결에 자신이 오르게 된 천마의 자
리를 천서린에게 양도하겠다고 말하고 있었고, 천비광은 그
제의를 끝까지 거절하고 있었던 것이다.

유신운이 천마의 자리에서 물러나려 하는 이유는 복합적
이었다.

본래의 계획은 청천맹과 마교의 동맹을 공표하고 백운세
가로 떠나려 했지만 천마의 자리에 오르자 운신의 폭이 크게
좁아진 것과, 전쟁을 앞두고 청천맹의 정파 무인들이 계속
이탈하고 있다는 사실도 있었다.

하지만 가장 큰 것은……

'귀찮아.'

청천회, 일천회, 낭인연합, 사파련, 백운세가 등등.

청천맹 내에 이미 자신이 책임지며 관리하고 있는 세력들
이 너무나 많았다.

거기에 마교의 교주까지 오르라니.

귀찮아 죽을 지경이었다.

그러나 천비광은 단호했다.

그는 유신운을 가만히 지켜보다가 이내 진중한 말투로 말을 꺼냈다.

"당장 발생하는 이탈자 따위는 신경 쓰지 마라."

"……?"

"어차피 사안(蛇眼) 놈이 전쟁을 벌이는 순간 정사마의 구분 없이 모두 힘을 합쳐 놈과 싸워야 할 테니까."

"……!"

천비광의 말에 유신운의 눈에 이채가 돌았다.

최후의 전쟁이 다가오고 있다는 사실은 직감하고 있었다.

하지만 다른 누군가의 목소리로 들으니 더욱 실감이 되었기 때문이었다.

천비광이 다시금 말을 이어 갔다.

"잠깐 동안의 소란만 버티면 된다. 그리고 마교의 모든 병력을 참전시키려면 네가 교주여야만 한다는 것을 떠올려라."

천비광의 말은 사실이었다.

천비광의 암습에 쓰인 독물이 혈교에서 전해진 것으로 알려지며, 이미 적의 선전포고는 이루어진 것이나 마찬가지인 상태였다.

마교는 당한 것은 절대로 그냥 넘어가지 않는다.

심지어 자신들의 심장인 천마에게 더러운 암수를 썼으니, 흔쾌히 복수에 자신들의 목숨도 바칠 것이다.

하지만 그 모든 일을 행하는 후대 천마의 직위에 천서린이 오르는 것은 모두가 받아들일 명분이 없었다.

'아오, 시간이 조금만 더 있었더라도 천진중을 이길 실력자로 만들어 줄 수 있었을 텐데.'

천마신교의 제1법칙, 즉 강자존의 법칙 때문이었다.

상황이 어찌 되었건 간에 그녀는 모두가 보는 앞에서 천진중에게 패배했다.

그렇기에 유신운이 자리를 양도한다고 한들 그녀의 명을 제대로 된 천마의 명으로 받아들이고 이행할 이가 많지 않았던 것이다.

하지만 유신운이 교주의 자리를 유지한다면 적어도 마교 내에서만큼은 걱정할 일이 없었다.

유신운은 천진중을 무참히 꺾은 최강의 힘에 잔월천마를 이은 최대의 정통성까지 겸비하고 있었으니까.

유신운은 지금만큼은 천비광보다도 마교 내에서 압도적인 위치를 점하고 있었다.

'휴우, 어쩔 수 없군.'

한참을 고민하던 유신운은 결국 자신의 운명을 받아들일 수밖에 없었다.

"……혈교와의 전쟁이 끝날 때까지만입니다."

"오오, 교주님! 잘 생각하셨습니다!"

"신교천세!"

유신운의 말에 천비광은 말없이 씨익 웃어 보일 따름이었
고, 곁에 있던 주태명과 양원패가 함박웃음을 지으며 탄성을
내질렀다.

  유신운이 뚱한 얼굴을 짓고 있던 그때, 천비광이 품 속에
손을 넣어 무언가를 하나 꺼냈다.

  "이거나 받아라."

  천비광이 꺼낸 물건을 휙 던지자 유신운이 저도 모르게 손
으로 집었다.

  '……이건?'

  그가 던진 것은 다름 아닌 정체 모를 비급 한 권이었다.

  제목조차 제대로 적히지 않고 지워진 세월의 흔적이 다분
한 비급에 유신운이 고개를 갸웃하며 물었다.

  "뭡니까, 이건?"

  "무당의 말코가 너에게 전하라 한 물건이다."

  "……!"

  천비광의 대답에 유신운의 눈이 커졌다.

  주태명과 양원패는 갑작스러운 무당파라는 말에 영문을
몰라 의아했지만, 유신운은 천비광이 말하는 존재가 누구인
지 알 수 있었다.

  명계에서 천마와 함께 싸우던 옥허진인.

  무당파 자체였던 그가 자신에게 남긴 비급이 있었던 것이
다.

'무슨 무공일까.'

유신운은 작은 기대를 하며 비급의 첫 장을 넘겼다.

[’정체를 알 수 없는 무공서’를 분석합니다.]

[분석이 완료되었습니다.]

[플레이어가 ‘측정 불가’ 등급의 무공서를 처음으로 손에 넣었습니다.]

“……!”

그러자 떠오른 일련의 시스템 메시지를 하나하나 확인하던 유신운은 경악을 금치 못했다.

[양의신공(兩儀神功)]

등급 : 측정 불가

-익힌 이에 따라 삼류(三流)에서 생사경(生死境)에까지 이를 수 있음.

속성 : 도가(道家)

양의(兩儀)란 곧 태극에서 갈라져 나온 음과 양을 뜻하니, 자신의 몸에 태극을 새길 수 있다면 그 어떤 상극의 무공이라도 함께 품을 수 있으리.

옥허진인이 남긴 것은 다름 아닌 이미 오래전에 무당파에서 완전히 실전된 것으로 알려진 양의신공이었다.

유신운은 옥허진인의 행동에 깜짝 놀랐다.

'나에게 이것이 필요한 걸 어떻게 알고…….'

양의신공은 유신운이 온 힘을 들여 수색하다가 끝내 실패하고 입수를 포기한 물건이었다.

조화신기 덕분에 이미 수많은 무공을 얻을 수 있는 유신운이었지만, 양의신공이 필요한 이유는 다름 아닌.

'겉도는 명왕기를 완전히 흡수할 수 있는 절호의 기회다. 이걸 익히고 명왕기를 온전히 흡수하면 생사경의 초급의 벽을 뚫을 수 있겠어!'

새롭게 얻은 명왕기를 완벽히 다룰 수 있는 가능성을 지닌 유일한 무공이 바로 양의신공이었기 때문이었다.

조화신기와 합쳐지지 못하고 단전 내에서도 몸에 해가 되는 반발만을 거듭하던 명왕기에 양의신공을 통해 자신만의 영역을 구축할 수 있게끔 할 수 있기 때문이었다.

'게다가 양의신공의 핵심인 분리(分利)의 묘를 마나 라이브러리에도 적용할 수 있다면…….'

양의신공은 유신운이 또 다른 경지로 오를 수 있게끔 하는 열쇠가 될 것이 분명했다.

잠시 후 여러 생각에서 벗어난 유신운이 천비광에게 말을 건넸다.

"한데 옥허진인께서는 어디로 가신 겁니까?"

눈을 깨자마자 천진중과 바로 전투를 시작한 탓에 옥허진인에 대한 제대로 된 설명을 듣지 못했다.

"사안 놈이 선계를 침략했다고 했다."

"……!"

"말코의 말을 들어 보면 곤륜도 저력이 있다고 하니 쉽게 넘어가진 않을 것이다. 그사이 우리가 정검맹을 해치워야 한다."

천비광의 말에 유신운이 한참을 고심하다가 말을 꺼냈다.

"일단 그러면 양의신공을 최대한 빨리 습득한 후, 마교의 병력을 이끌고 백운세가로 합류하는 쪽으로……."

하지만 두 사람의 계획이 이루어지는 일은 없었다.

"교주님! 급보입니다!"

마교의 무인 하나가 다급히 천마전으로 들어왔다.

"무슨 일이냐."

"담천군이 이끄는 정검맹의 전 병력이 장강을 넘었습니다!"

마치 그들의 생각을 읽은 것처럼.

담천군이 직접 마지막 대전쟁을 시작했기 때문이었다.

◆

'정녕 이곳이 선계란 말인가…….'

옥허진인은 충격에 한 줄기 탄식조차 내뱉지 못했다.

천마와 마지막 인사를 나누고 차원의 균열 안으로 이동한 옥허진인은 지금 막 선계에 발을 디딘 순간이었다.

그리고 그의 눈앞에 펼쳐진 모습은.

스아아.

핏빛으로 물든 하늘과 온갖 파편들이 허공을 부유하는 처참하디처참한 광경이었다.

아름다웠던 선계는 폐허의 형상이 되어 있었다.

'후우, 어찌 이런 일이……. 무량수불.'

가장 끔찍한 것은 숨을 쉴 때마다 느껴지는 짙은 혈향(血香)이었다.

옥허진인은 경공을 펼쳐 산 자의 기운을 탐지하며 빠르게 이동하기 시작했다.

혹시나 하는 생존자를 찾아 주변을 샅샅이 살피는 그의 표정은 어둡기 그지없었다.

'……명계로 떠나기 전에 들여다본 모습은 결코 이 정도까지는 아니었건만.'

발에 치일 정도로 많은 싸늘한 선인들의 시체는 곳곳에서 참혹한 전투가 있었다는 사실을 말해 주고 있었다.

"네놈은 누구……!"

"컥!"

생존자들의 기가 가까워질수록 혈교와 손을 잡은 요괴선인들이 나타났다.

옥허진인은 적들을 손쉽게 해치우며 앞으로 진격해 나갔다.

명계에서 끝없이 이어졌던 전투로 얻은 새로운 깨달음 덕에 그의 경지는 이전과 비교할 수 없을 정도로 높아져 있었다.

그러나 혈교주의 기운은 어디에서도 느껴지지 않고 있었다.

'이곳인가.'

쉴 새 없이 적들을 베다 보니 어느새 그는 작은 성채와 같은 형상을 한 부유섬을 발견할 수 있었다.

곤륜도(崑崙島)의 최후의 방어지였다.

'……!'

벽에 손을 가져다 댄 그는 이 성채 자체가 하나의 방어형 보패라는 것을 알 수 있었다.

"누구냐!"

그때 성벽 위에서 누군가의 외침이 울려 퍼졌다.

옥허진인이 올려다보니 열다섯 살 정도로 보이는 선인이 그를 향해 활을 겨누고 있었다.

피곤에 지친 어린 선인의 얼굴에는 두려움이 떠올라 있었다.

"명계에서의 임무를 마치고 돌아왔습니다. 무당의 옥허라고 합니다."

옥허진인이 자신을 밝히자 눈동자가 흔들리던 어린 선인은 곧 다른 선인을 부르러 사라졌다.

그리고 잠시 후, 모습을 드러낸 곤륜십이선 중 한 명인 광성자에 의해 옥허진인은 곤륜도의 주인인 원시천존에게 향하게 되었다.

"……고생이 많았네."

대전을 향해 나아가는 광성자의 목소리는 힘이 없었다.

언제나 자신감과 패기가 넘치던 광성자는 어린 선인과 마찬가지로 깊은 피로감이 느껴졌다.

끼익, 하는 소리와 함께 문이 열리자 안에는 단 세 명이 그들을 기다리고 있었다.

광성자와 같은 곤륜십이선인 청허도덕진군, 적정자 그리고 원시천존이었다.

'……십이선인이 이들 밖에는 남지 않았단 말인가.'

옥허진인은 놀람을 감추지 못했다.

이토록 피해가 클 줄은 몰랐기 때문이었다.

순간 원시천존과 옥허진인이 눈이 마주쳤다.

명계의 염라와 비견되는 막대한 기운이 원시천존에게서 느껴지고 있었다.

그러나 원시천존은 누군가에게 쫓기고 있기라도 한 듯 초조해 보였다.

"보아 알겠지만, 상황이 이토록 매우 급하니 바로 본론으로 들어가도록 하겠네."

"예, 그러시지요."

원시천존이 눈에 이채를 띠며 말을 꺼냈다.

"그래, 명계에서 파수꾼님을 만났겠지?"

'파수꾼?'

"그분은 언제쯤 선계로 돌아오겠다고 하시던가? 아니, 우리 쪽의 상황은 알고 있으시던가?"

하나 그는 알 수 없는 존재에 대해서만 자꾸 물어 올 뿐이었다.

의아해하던 옥허진인이 원시천존에게 되물었다.

"파수꾼이라니, 누구를 말씀하시는 건지……?"

"……명계에서 그분을 만나지 못했는가? 아니, 그러면 어찌 명왕에게서 돌아올 수 있었나?"

"제가 돌아올 수 있었던 것은 현계의 존재가 도움을 주었기 때문입니다. 파수꾼이란 이는 만나 본 적이 없습니다."

"아아……."

"……."

옥허진인의 말에 원시천존을 비롯한 선인들이 탄식을 내뱉었다.

그들의 깊은 한숨에서 절망이 느껴졌다.

'잠깐……!'

한데 그때 불현듯 옥허진인의 머릿속을 스치는 기억이 있었다.

－삼계의 혼란을 소멸하는 일에 '중재자'의 선택이 너라면……

－나도 그의 선택을 한 번은 믿어 보겠다.

염라가 유신운에게 건넸던 의문의 말들이 떠오른 것이었다.

원시천존이 말한 파수꾼과 염라가 말했던 중재자, 두 명칭이 같은 존재를 칭하고 있는 것이라면.

"혹시……."

옥허진인이 유신운에 대해 말을 꺼내려던 찰나.

"마지막 희망이었던 파수꾼조차 우리를 버렸다니, 정말로 곤륜도는 끝이로군."

가장 안색이 좋지 않던 적정자가 절망에 빠진 목소리로 혼잣말을 내뱉었다.

깜짝 놀란 옥허진인이 그를 바라보자, 그는 원망 어린 눈빛으로 원시천존을 노려보고 있었다.

"적정자, 그게 무슨 말인가! 아직 희망을 버려선……!"

청허도덕진군이 적정자를 나무라려 들었지만, 이내 그가 품속에서 꺼낸 물건을 바라보며 두 눈을 크게 떴다.

적정자는 자신의 보패, 음양경(陰陽鏡)을 꺼내 들고 있었다.

스아아!

음양경에서 음험한 기운이 휘몰아치기 시작했다.

음양경은 유신운이 지녔던 조요경과 같은 모든 공간 보패의 최종 완성형이었다.

"자, 자네 설마……!"

그 모습을 바라보던 원시천존은 펼쳐질 광경을 짐작한 듯 두 눈을 질끈 감았고, 청허도덕진군이 믿을 수 없다는 듯 소리를 질렀다.

"……미안하오, 원시천존. 하지만 나는 이런 끝을 맞이하고 싶지 않소."

적정자가 세 사람을 바라보며 나직이 말했다.

그리고.

스아아!

촤아아!

음양경이 쏟아 낸 빛줄기 속에서 누군가가 발걸음을 옮기기 시작했다.

"반가운 얼굴들이 많군."

적정자의 배신으로 혈교주가 무혈입성을 한 순간이었다.

그렇게 곤륜도에 절망이 강림했다.

정검맹, 맹주전 회랑.

맹주전을 향해 걸으며 이령주는 골몰히 생각에 잠겨 있었다.

며칠 전, 혈교주에 의해 현계로 돌아온 그는 정검맹에서 담천군을 돕고 있었다.

황궁에서 곤령주까지 죽으며 팔령주가 감령주, 이령주, 담천군 세 명밖에 남지 않게 되자 급히 조치를 취한 것이었다.

'마교까지 유신운의 손에 넘어가다니⋯⋯. 이건 생각조차 못한 일이다. 천진중, 그놈이 그렇게 쉽게 나가떨어질 줄이야.'

이령주는 방금 세작에게 전해 들은 마교의 일을 담천군에게 전하고, 어떻게 대처할 것인지 의논하기 위해 맹주전으로 가는 중이었다.

'백운세가의 동맹에 마교의 병력까지 합쳐지면⋯⋯. 단순 수치상으로도 우리보다 2할 정도가 더 많다.'

정사마(正邪魔)가 한데 어우러진 유신운의 세력은 이제 결코 무시할 수 없는 격차를 만들어 내고 있었다.

한데 그럴 만도 했다.

무림맹의 잔당과 황궁 병사들 그리고 백운세가의 병력.

새로이 새워진 사파련에 녹림과 낭인회가 합류.

거기에 마교까지 유신운에게 충성을 맹세하며, 무림 역사상 전례가 없는 최대의 연합체가 탄생한 것이었으니까.

'흐음, 교에서 조사한 결과 천진중이 숨겨진 힘을 드러냈을 때의 무위가 담천군과 거의 동일하다고 추산되었다. 그렇다면⋯⋯.'

백운세가와 정검맹의 싸움은 결과가 정해져 있는 것이 아
닌가.

혈교의 총군사의 역할을 맡은 뒤로 항상 모든 일에 가능성
을 계산하는 게 버릇이 된 이령주는 현재 자신들이 승리할
가능성을 매우 낮게 평가했다.

'……교주님이 돌아오시기 전까지 무조건 기다리라고 말
해야겠군.'

이령주가 그렇게 결론을 내리던 순간.

콰르르르!

콰아앙!

느닷없이 맹주전에서 거대한 폭발음이 울려 퍼졌다.

맹주전에서 흘러나온 충격파에 지진이라도 난 듯이 땅이
흔들렸다.

이상을 감지하자마자 이령주는 진기를 터뜨리며 맹주전으
로 급히 달려갔다.

폭발로 인해 맹주전의 문이 두 짝 모두 날아가 처박혀 있
었다.

그는 피어오른 먼지가 가득한 맹주전 안으로 들어섰다.

"……!"

이령주는 먼지가 걷히고 드러난 모습에 제자리에 우뚝 멈
춰 서고 말았다.

적의 습격이 아니었다.

맹주전 안에는 담천군만이 자리하고 있었다.

우우웅!

우웅!

허공에서 총운신검(叢雲神劍)이 주인의 의지를 받아들인 듯 막대한 기운을 뿜어내고 있었다.

'……계획을 바꿔야겠군.'

그 모습을 보며 이령주가 생각을 바꾸었다.

"유신운……."

생사경에 오른 담천군의 두 눈에 짙은 살의(殺意)가 타올랐다.

❦

호북성, 적벽(赤壁).

그 옛날 대전쟁이 벌어졌던 역사를 담고 있는 이곳에 또 다른 전운(戰雲)이 감돌고 있었다.

수십 척의 배가 서로를 마주 보며 닻을 내리고 정박해 있었다.

양측은 당장이라도 전쟁을 벌일 것처럼 날카로운 분위기를 형성하고 있었다.

어둠이 내려앉은 깊은 밤, 배의 불빛만이 어지럽게 일렁이던 그때였다.

"아미타불. 부디 다시 생각해 볼 순 없겠습니까?"

백운세가의 깃발을 달고 있는 배들의 선두에서 웅혼한 기운을 담고 있는 사자후가 울려 퍼졌다.

청천회의 일원인 소림사 덕광이었다.

잠시간 침묵이 이어지던 찰나, 이탈자들이 모인 배에서 대표 격의 무인이 입을 열었다.

"……우리보고 무엇을 다시 생각하란 말이오."

"담천군이 어떤 짓을 벌였는지 만천하에 밝혀졌지 않습니까? 한데 왜 여러분은 저희를 배신하고 그런 악적에게 힘을 보태려 하십니까?"

덕광의 곁에 있던 남궁호가 무인을 향해 말을 꺼냈다.

남궁호의 목소리에는 분노마저 깃들어 있었다.

담천군에 의해 멸문당하거나 큰 피해를 입고 쫓겨난 이들을 백운세가에서 거두어 주고 물심양면으로 돕기까지 했거늘.

이렇게 떼를 지어 정검맹에 투신하겠다고 하니, 그의 입장에서는 어이가 없고 분노가 치밀 수밖에 없었다.

"선택의 여지가 없소이다. 유 가주는 선을 넘었소."

"회주님이 무슨 선을 넘었다는 것입니까?"

"하, 그대들은 정녕 자신들의 뿌리마저 버리려는 것이오?"

그렇게 외치는 무사의 눈빛은 말없이 서 있는 덕광의 옆 사람에게 향하고 있었다.

새롭게 세워진 사파련의 일원으로 새로운 천마장주가 된 여손량이었다.

"그래, 사파와 손을 잡는 것까지는 어떻게든 이해했소. 공통된 적을 위해서는 어쩔 수 없는 일이라 생각했지. 하지만 마교라니! 우리보고 마인들과 등을 맞대고 함께 싸우란 말인가!"

"그렇게 오랜 시간을 겪고도 아직도 회주님을 의심하는 것입니까? 처음에는 이해할 수 없었더라도 여태껏 그분의 행동에는 모두 이유가 있었지 않습니까!"

덕광은 가슴이 꽉 막힌 것 같은 기분을 느끼며 소리쳤다.

하지만 그의 계속된 설득에도 상대는 조금도 생각을 달리하지 않았다.

"……난 이번에는 믿을 수 없소. 우리를 보내 주시오. 계속해서 막는다면 피를 보게 될 것이오."

채챙!

채채챙!

이탈자들이 모두 검을 뽑아들며 전투태세를 갖추었다.

그 모습에 덕광과 남궁호가 한숨을 내쉬며 서로를 마주 보았다.

─덕광, 이대로 보내선 안 된다. 이들이 정검맹에 합류하면 또 다른 피를 불러올 수 있어.

─…….

남궁호의 말처럼 싸움이 시작되면 승패는 이미 정해진 것이나 마찬가지였다.

　이탈자들의 숫자에 비해 백운세가의 무인들의 수가 압도적인 우위를 점하고 있었기 때문이었다.

　하지만 덕광은 한참을 고민하다가 제 고개를 가로저었다.

　-회주의 전언대로 보내 주자. 우리까지 혈교 놈들과 같은 괴물이 될 순 없다.

　-하지만…… 후, 알았다.

　덕광의 말에 남궁호가 깊은 한숨을 내쉬었다.

　"알겠소. 그럼 우리는 이만……."

　그렇게 덕광이 그들에게 말을 꺼내려던 찰나.

　뿌우우!

　스아아!

　갑작스러운 뿔피리 소리와 함께 어둠에 가라앉아 있던 물결이 세차게 흔들리기 시작했다.

　남궁호를 비롯한 백운세가의 무인들이 당혹스러워하는 그때, 물결을 헤치며 백운세가의 배보다 더 많은 배들이 모습을 드러내었다.

　"어머, 소림의 중이 아직 남아 있다니. 분명히 그때 싹 다 죽인 줄 알았는데."

　팔령주 중 한 명인 감령주(坎靈主)가 요사스러운 미소를 지어 보이고 있었다.

백운세가의 함선들의 숫자에 필적하는 배들의 출현에 이 탈자들은 당혹성을 쏟아 냈다.

"저, 저건?"

"왜선(倭船)? 왜구들이 나타난 건가?"

하나 그들이 당황한 가장 큰 이유는 나타난 함선들이 모두 저 먼 동영의 왜구들이 타고 다닌다는 왜선이었기 때문이었다.

감령주와 덕광의 대치가 길어지고 있었다.

덕광은 침묵을 지키며 갑자기 나타난 상대의 정체와 의도를 파악하려 힘쓰고 있었다.

'멀리서도 느껴지는 고강한 내기……. 분명히 회주님이 일찍이 조심하라 일렀던 팔령주 중 하나가 맞으리라.'

덕광은 왜선에 타고 있는 살기 어린 안광을 흩뿌리는, 중원의 복식이 아닌 정체 모를 무사들까지 살피고는 남궁호에게 전음을 보냈다.

─……모두에게 전투를 준비하라 전해 줘. 혈교의 사자가 분명하다.

─알았다.

남궁호는 고개를 끄덕인 후, 슬며시 뒤로 빠지며 모든 함선에 전투 준비를 하라 전하기 시작했다.

그러던 그때, 감령주가 이탈자들이 타고 있는 배 쪽으로 시선을 돌렸다.

몸의 굴곡이 그대로 드러나는 옷을 입고 있는 그녀의 작은 행동만으로도, 이탈자들은 전투 상황이라는 사실도 잊고 연신 헛기침을 하며 정신을 가다듬었다.

"여러분께서는 겁먹지 않으셔도 됩니다. 저는 여러분들을 마중하러 온 정검맹의 사자, 신가혜(申歌惠)입니다."

"오오, 그렇소이까? 참으로 때를 잘 맞추셨소. 우리를 막는 저들과 당장 싸움이 벌어지려던 찰나였소이다. 이렇게 됐으니 이제 우리를 데리고 떠나기만 하……."

감령주 신가혜의 말에 덕광과 대화를 나누던 대표 무사가 얼굴을 환하게 밝히며 말을 꺼냈다.

그러자 감령주는 듣고 싶었던 말을 들었다는 듯, 한쪽 입꼬리를 말아 올리며 덕광에게 다시금 눈빛을 보냈다.

"어머, 마교와 손을 잡은 것도 모자라 저희와 함께하려는 분들에게 칼을 들려 했다니……."

감령주가 말을 길게 끌며 한쪽 손을 들어 신호를 보내자.

채챙!

채채챙!

왜선에 숨어 있던 무사들이 전부 몸을 일으키며 자신의 무기를 뽑아 들었다.

대표 무사는 자신들을 데리고 떠나리라 생각했던 그들이 당장 전쟁을 치를 듯하자 당황한 모습이었다.

그때 감령주가 말을 이었다.

"이건 가만히 좌시할 수만은 없는 문제로군요."

스아아!

말을 끝마친 순간, 그녀의 전신에서 오염된 마나가 미친 듯이 솟구치기 시작했다.

이탈자들 모두가 당황했다.

말로는 백운세가의 무인들과 싸운다고 했지만, 그들도 사람인지라 며칠 전까지만 하더라도 한솥밥을 먹던 동료들과 칼을 맞대고 싶은 자는 없었기 때문이었다.

하지만 명분을 얻은 감령주는 거침이 없었다.

그녀는 곧장 자신의 등에서 자신의 무기를 꺼내 들었다.

덕광은 그녀의 손에 들린 무기를 보는 순간, 깜짝 놀랐다.

'각궁(角弓)?'

백운세가의 황노가 사용하던 저 먼 해동(海東), 고려의 활이 나타났기 때문이었다.

덕광의 반응을 무시하며 감령주가 활시위를 당기자.

스아아아!

그녀의 주위에 폭풍이 일어난 듯 바람이 맹렬히 휘몰아치기 시작했다.

"피해라!"

위험을 감지한 덕광이 사자후를 터뜨렸지만.

쐐애액!

콰가가가!

그보다 한발 빨리 돌풍(突風)을 덧씌운 감령주의 화살이 백운세가의 함선 하나에 날아들었다.

퍼펑!

꽈아앙!

굉음과 함께 화살이 적중한 함선의 벽이 포탄에 맞은 것처럼 구멍이 뚫려 있었다.

"함선에 구멍이 뚫렸다!"

"들어오는 물은 퍼내고 빨리 구멍을 막아!"

함선에 타고 있던 무사들이 커다랗게 소리치며 다급히 움직이기 시작했다.

"전원 산개하라! 전투는 이미 시작되었다!"

덕광의 사자후에 모여 있던 함선들이 빠르게 움직이며 감령주의 공격에서 효율적이게 싸울 수 있도록 흩어졌다.

그런 찰나, 감령주를 바라보는 덕광의 눈빛에 한 줄기의 의문이 떠올라 있었다.

'……바람을 다스리는 궁술(弓術)을 지닌 이는 세상에 한 명밖에 없다.'

고려의 각궁.

화살에 바람을 담는 무공.

조각들이 합쳐지며 하나의 사실을 만들어 낸다.

'저 악적이 어떻게 궁신(弓神)의 무공을…….'

그랬다. 감령주는 해동 무림의 절대자라 불리는 궁신의 무공을 자신의 것처럼 사용하고 있었다.

무림맹조차 함부로 대할 수 없는 유일한 새외(塞外) 세력이
바로 해동 무림이었다.

하지만 걱정은 오래 지속되지 않았다.

덕광이 마음을 다잡으며 전의를 불태우기 시작했다.

'하나 물러설 수 없다. 회주님이 안 계신 지금 이들을 지킬
자는 우리뿐이니까.'

"여 장주, 함선들의 지휘를 부탁합니다. 저와 남궁호는 적
의 선두를 치러 가겠습니다."

"예, 알겠습니다!"

"가자, 남궁호."

덕광의 말에 남궁호가 검을 뽑아 들며 진기를 끌어 올렸
다.

그때, 덕광이 별안간 갑판에 발을 굴렀다.

꽈앙!

그러고는 갑판의 부서지며 생긴 파편을 덕광이 손을 뻗어
모두 챙겼다.

쐐액!

그러곤 덕광이 챙긴 판자를 바다에 모두 집어 던졌다.

파앗!

그와 동시에 덕광과 남궁호가 바다로 몸을 던졌다.

촤아아!

파바밧!

소림의 비전 신법, 불영선하보(佛影仙霞步)와 남궁세가의 일
절인 천리호정(千里戶庭)이 동시에 펼쳐졌다.

두 사람은 바다에 깔린 나무판자를 밟아 가며 가장 가까운
적의 함선으로 향하고 있었다.

아직 유신운처럼 수상비(水上飛)를 펼칠 막대한 내공은 지
니고 있지 않은 터라, 다른 대안을 찾아낸 것이었다.

"적장이 다가온다!"

"모두 화살을 쏴라!"

"포탄을 쏴라!"

그 모습을 지켜보던 왜선의 무인들이 화살과 포탄을 쏟아
내기 시작했다.

쐐애액!

퍼퍼펑!

폭음과 함께 순식간에 하늘을 새까맣게 뒤덮는 포탄과 화
살 세례에, 달려들던 덕광과 남궁호가 누가 먼저라 할 것도
없이 각자의 무공을 펼쳐 내었다.

덕광의 열 손가락이 모두 불가의 선기가 감돌기 시작했다.

우우웅!

파밧!

마치 손가락 사이사이에 비수를 끼고 있기라도 한 듯, 덕
광은 적들을 향해 양손을 휘둘렀다.

파바밧!

투두두둑!

소림 지공(指功)의 극의를 담고 있는 일지선공(一指禪功)이
펼쳐졌다.

덕광의 손가락에서 탄환처럼 날아간 열 개의 기환(氣丸)이
허공에 어지러이 펼쳐지며 그와 남궁호를 노리는 화살들을
모조리 부숴 버리고 있었다.

포탄을 맡은 것은 남궁호였다.

남궁호는 팍, 하고 나무판자를 박차고 허공에 높이 떠올랐
다.

촤라라라!

그러곤 맹렬히 몸을 팽이처럼 회전시키며 한 곡조의 짧은
검무(劍舞)를 펼쳐 냈다.

푸른 하늘(蒼穹)에 한 마리의 제비가 세찬 날갯짓(飛燕)을 시
작했다.

퍼퍼펑!

투두둑!

남궁호의 검끝에서 쏟아지는 창궁비연검(蒼穹飛燕劍)의 칼
날에 포탄이 모조리 반파되며 물에 힘없이 떨어졌다.

시야를 가릴 정도로 커다란 물보라가 피어올랐다.

"빌어먹을!"

"제대로 좀 맞춰 보란…… 흐억!"

포탄을 정비하던 이들을 다그치던 왜구 하나가 갑자기 눈

앞에 도깨비처럼 나타난 남궁호에 두 눈을 커다랗게 떴다.

서거걱!

섬뜩한 절삭음과 함께 놀란 눈동자 그대로 왜구의 목이 갑판에 떨어졌다.

"칙쇼!"

"죽여랏!"

욕지거리를 내뱉으며 왜구들이 덕광과 남궁호에게 떼를 지어 달려들었다.

수많은 적과 단둘이라는 막대한 격차였지만 조금도 밀리지 않았다.

아니, 오히려 압도적으로 일 검, 일 권에 그들을 격퇴하고 있었다.

덕광과 남궁호는 그동안 유신운과 꿈속에서 치렀던 수많은 훈련의 성과를 보이고 있었던 것이다.

'흑천밀의 잔당인가 보군.'

한낱 왜구라 하기에는 꽤나 조직적인 공세에, 남궁호는 적들의 전력을 빠르게 파악할 수 있었다.

동영의 왜구 집단인 흑천밀(黑千密)은 건령주, 혈해염라 조천주와 함께 유신운이 해치운 것으로 알았지만 혈교가 잔당을 긁어모은 모양이었다.

두 사람의 활약에 왜선 한 척이 반으로 쪼개지며 차가운 수면 아래로 가라앉고 있었다.

무림세가
전생령자

덕광과 남궁호는 다시금 갑판의 부서진 나무판을 바다에 던지며 다음 왜선으로 건너가 싸움을 다시 시작했다.

그 모습을 지켜보던 감령주의 눈빛에 잔혹하기 그지없는 살기가 번들거리기 시작했다.

"흐음, 생각보다 싸움이 길어지네."

이 상황이 마음에 들지 않는다는 듯, 싸늘한 혼잣말을 내뱉자 그녀의 곁에 있던 수하들이 두려움에 덜덜 몸을 떨었다.

"그걸 가져와라."

그녀가 독사 같은 눈빛을 쏘아 내며 수하에게 명령을 하달했다.

그러자 급히 배의 창고로 몸을 날린 수하들이 잠시 후 끙끙거리며 새로운 포탄을 짊어지고 나왔다.

"헉!"

"저, 저건?"

포탄의 진정한 정체를 알아차린 이탈자들이 경악했다.

그런 반응이 터져 나올 만도 했다.

무림맹에서는 사용하는 것이 철저히 금지되었던 최흉(最凶)의 화탄, '폭벽탄'이 모습을 드러냈기 때문이었다.

이탈자들의 대표가 굳은 표정으로 감령주에게 말을 꺼냈다.

"……신 대주, 폭벽탄을 왜 꺼내 온 것이오?"

"어머, 당연히 함선째로 적을 날려 버리려는 것 아니겠어요?"

조금의 망설임도 없이 내뱉는 감령주의 말에 이탈자가 헛 숨을 삼키며 말을 이었다.

 "그게 무슨……? 아직 배에는 정검맹의 무사들이 있지 않소."

 "적을 해치우기 위해서라면 어쩔 수 없는 희생은 감수해야 하지 않겠어요?"

 "……!"

 이탈자들은 아무런 말도 꺼내지 못했다.

 동료를 제물로 삼아 적을 해치우겠다니.

 본인에게 칼을 들었던 자신들까지 어떠한 말도 없이 품어 주었던 유신운과는 전혀 다른 방향이었다.

 ─고생 많으셨습니다. 이제 이곳에서 새로운 삶을 이어 나가시면 됩니다.

 ─나를 인정하지 않아도 되고 담천군과의 싸움에 힘을 싣지 않아도 됩니다. 그저 앞으로의 싸움을 지켜보고 거기서 생겨나는 여러분의 의지에 따르십시오.

 이탈자들의 머릿속에 처음 백운세가에 오면서 들었던 유신운의 말들이 뒤늦게 떠오르기 시작했다.

 그들의 눈동자가 지진이라도 난 듯이 흔들리고 있었다.

 하나 감령주는 그런 것 따위는 조금도 신경 쓰지 않고 폭벽탄을 대포에 넣었다.

"자, 이제 적들의 최후를 즐겁게 구경해 볼까요?"

"잠깐!"

이탈자들이 소리를 지르며 그녀를 막아 보려 했지만.

퍼퍼펑!

그보다 한발 앞서 왜구 하나가 덕광과 남궁호가 타고 있는 배를 향해 폭벽탄을 쏘았다.

덕광과 남궁호는 전투에 힘을 쏟고 있느라 배를 향해 날아드는 평범한 포탄에 큰 신경을 쓰고 있지 않았다.

쐐애액!

그렇게 폭벽탄이 함선 전체를 화마(火魔)로 집어삼키려던 그때.

파바밧!

파앗!

갑작스레 휘몰아친 한 줄기의 선풍(旋風)과 함께 적벽에 거대한 물보라가 펼쳐졌다.

촤악!

압도적인 수상비를 펼치며 나타난 의문인은 함선으로 날아드는 폭벽탄을 한 손으로 가볍게 낚아채며 덕광이 자리한 배에 착지했다.

'……유신운인가? 하지만 벌써 마교에서 이곳까지 당도할 수 있을 리가 없는데.'

솟구친 물보라로 의문인이 누구인지 판별이 되지 않자, 감령주는 미간을 찌푸리며 상대를 짐작했다.

그녀는 당연히 나타난 존재가 유신운이라고 생각했다.

하지만 물보라가 걷히고 모습을 드러난 이는.

'……거지?'

'개방?'

다름 아닌 행색이 초라한 늙은 거지 한 명이었다.

모두의 시선이 의아함이 담긴 찰나.

"백이랑, 그 늙은 여우가 한 말이 사실이었군."

거지 노인은 알 수 없는 혼잣말을 내뱉으며 타들어 가고 있는 폭벽탄의 심지를 꺼뜨렸다.

의문인의 정체가 유신운이 아니자, 긴장을 푼 감령주는 앙칼진 목소리로 상대를 압박했다.

"하, 당신 지금 정검맹의 행사를 막고 있다는 걸 아는 건가요?"

그러자 거지 노인은 조금도 겁먹지 않고 광기 어린 눈빛으로 감령주를 노려보며 말을 이어 갔다.

"허, 화산의 꼬맹이 따위가 노부의 앞길을 막으며 겁박하는 꼴이라니, 그동안 세상이 많이 변했구나."

노인이 말하는 화산의 꼬맹이란 다름 아닌 담천군을 의미하는 것이리라.

'저자는 대체?'

감령주가 다급히 머리를 굴리는데, 거지 노인이 참을 수 없는 분노를 꾹꾹 담은 목소리로 말을 꺼냈다.

"화산의 벌레 놈들아. 감히 내 작품을 전쟁에 이용하려 하는 것이 뭘 의미하는 건지는 알고 있겠지?"

'……내 작품?'

감령주가 노인의 입에서 나온 한 단어에 정체를 짐작하고는 얼굴이 백지장처럼 하얗게 물들었다.

'폭벽자!'

피융!

그 순간, 폭벽자가 제 손가락을 튀겨 작은 콩알 하나를 감령주의 배에 날렸고.

콰가가가강!

콰아앙!

지금까지 와는 비교도 되지 않는 거대한 폭발이 감령주의 함선을 집어삼켰다.

드넓은 강호에는 셀 수 없이 많은 기인이사(奇人異士)가 존재한다.

하지만 호사가들에게 그중에서도 가장 '위험'하거나, '괴팍'한 존재가 누구인지 묻는다면 누구나가 첫 번째로 꼽는 자가 있었으니.

"흥!"

그자가 바로 스스로 제조한 엄지손톱만 한 화탄 하나로 거대한 왜선 하나를 가루로 만든 이 초로의 노인이었다.

폭벽자.

강호인들에게는 폭괴(暴怪)라고 더 많이 불리는 위지문(尉遲紋)은 폭벽탄을 비롯한 다른 장인들의 수준을 아득히 뛰어넘는 기괴한 위력의 화탄들과 현경에 다다른 무위를 동시에 지니고 있었다.

"퉤! 머리에 피도 안 마른 어린놈이 까불기는……."

하지만 강호인들이 가장 두려워하는 것은 그 둘이 아닌 광인(狂人)이라 해도 전혀 이상하지 않은 그의 괴팍한 성질머리였다.

물거품 속에서 침몰하고 있는 함선을 바라보는 감령주는 자신도 모르게 입술을 깨물었다.

'……한참 전에 이미 죽은 줄 알았건만, 이 노괴(老怪)가 우리의 발목을 잡을 줄이야.'

그녀에게는 생각지도 않게 최악의 상황이 벌어진 것이었다.

그도 그럴 것이 제멋대로 살아가는 폭벽자가 가장 분노를 폭발하는 일이 바로 자신의 화탄을 가지고 학살을 저지르는 것이었기 때문이었다.

폭벽자는 당장이라도 감령주를 찢어죽이겠다는 눈빛으로 자신을 노려보고 있었다.

그렇게 감령주가 갑자기 나타난 폭풍에 대책을 강구하며

머리를 굴리고 있던 그때.

"……정말로 폭벽자이십니까?"

두눈을 끔뻑이며 갑작스럽게 펼쳐진 상황을 지켜보고 있던 덕광이 슬그머니 말을 꺼냈다.

폭벽자는 그제야 자기 옆에 사람이 있었냐는 듯 고개를 돌려 덕광과 눈을 마주쳤다.

'흐읍.'

덕광과 남궁호는 헛숨을 삼켰다.

싸늘하기 그지없는 폭벽자의 눈빛에는 너희들도 귀찮게 하면 날려 버리겠다는 의지가 엿보였기 때문이었다.

그러던 그때, 덕광의 머릿속에 불현듯 동자승 시절에 들었던 폭벽자 대처 방법이 떠올랐다.

-그래, 네가 혹시라도 강호에 나가 그 개망…… 아니, 그 미친 작자를 만나게 된다면, 괜찮으니 소림의 위상 따위는 잠시 잊고 납작 엎드리거라. 그것이 분명 너에게 편할 것이다.

-아하, 그렇군요. 사숙님은 폭벽자에 대해 어찌 그렇게 잘 아십니까?

-……자세한 건 묻지 말거라.

폭벽자를 떠올리자 낯빛이 까맣게 되었던 사숙을 떠올린 덕광은 잠시 소강상태가 된 전장에서 폭벽자에게 예를 갖추며 커다랗게 소리쳤다.

"강호에 위명이 자자한 위 선배를 만나게 되어 영광입니다! 이 부족한 무림 말학은 소림의 덕광이라고 합니다!"

"남궁가의 호라고 합니다!"

곁에 있던 남궁호 또한 덕광의 의도를 알아차리곤 따라서 예를 갖추었다.

두 사람의 행동에 폭벽자의 눈동자에 이채가 감돌았다.

소림사와 남궁세가 같은 명문 정파의 후예가 자신에게 사문의 존장을 본 것처럼 극진히 예를 갖추는 일은 평생 본 적이 없는 일이었기 때문이었다.

과거 명문 정파의 후예라는 자부심 하나로 살아가는 두 사람이었지만, 지금은 조금의 망설임도 없이 폭벽자에게 머리를 숙이고 있었다.

사실 폭벽자는 저지른 온갖 기행 탓에 정사(正邪)의 기준으로 따져 보면 정파보다는 사파 쪽에 가까운 인물이었다.

그렇기에 이처럼 지극히 예의를 지킬 필요는 없었지만, 두 사람은 조금의 망설임도 없이 깍듯이 예를 갖추며 인사했다.

자존심 따위는 땅에 버린 이러한 변화는 같은 청천회의 일원이었던 청성파의 섭웅의 죽음을 목도한 뒤부터였다.

현재 두 사람의 생각은 똑같았다.

-전장의 상황은 우리의 열세다. 내가 고개를 숙여 많은

이들의 죽음을 줄일 수 있다면 이까짓 머리 백 번, 천 번이라
도 숙일 수 있다.

　가만히 지켜보던 폭벽자가 마침내 덕광을 바라보며 말을
꺼냈다.
　"흥, 네놈들은 그래도 어디서라도 배워 먹은 구석이 있구
나."
　'됐다!'
　자신들의 태도에 긍정적인 반응이 나오자 두 사람은 속으
로 쾌재를 불렀다.
　"감사합니다!"
　"적들이 선배님의 화탄을 무단으로 사용하느라 곤욕을 치
르고 있습니다. 화탄의 위력이 도저히 대처가 안 되는데 혹
시 선배께서 저희를 도와주실 수 있겠습니까."
　덕광이 은근슬쩍 폭벽탄의 위력을 칭찬하면서 상대가 무
단으로 사용했다는 사실을 되짚었다.
　'요놈 보게?'
　그냥 대놓고 자신들을 도와 달라는 덕광의 말에 폭벽자가
저도 모르게 헛웃음을 지었다.

　-악! 아악! 시주 그만 좀 때리십시오! 아픕니……! 악!

그러면서 지난날 자신에게 까불다가 뒤통수를 여러 번 맞았던 소림의 빡빡이 한 명을 떠올렸다.

'불순한 의도가 느껴지기는 한다만……'

다분히 의도가 느껴졌지만 앞서 행했던 인사 덕에 상당히 너그러워져 있던 폭벽자는 그를 아는 자라면 상상도 못할 대답을 내뱉었다.

"흥! 네놈들을 도울 생각 따위는 없지만, 어차피 저놈들을 날려 버리긴 할 거였다. 걸리적거리지 않게 알아서 빠져 있으면 너희들의 배에게까진 피해를 끼치진 않겠다."

"감사합니다!"

"그것만으로도 저희에겐 천군만마와 같은 일입니다!"

생각지도 않은 폭벽자의 합류에 백운세가 진영의 무사들의 사기가 하늘을 찌를 듯 상승했다.

자고로 미친놈은(狂人)은 적일 때는 두렵지만 같은 편일 때는 그것보다 든든한 이가 없는 법이었으니까.

'빌어먹을!'

반면 감령주의 자신만만하던 표정은 완전히 구겨져 있었다.

파바밧!

그런 찰나, 폭벽자가 대뜸 진각을 밟으며 배 아래로 뛰어내렸다.

그 모습에 남궁호와 덕광 또한 나무판자를 던지며 그의 뒤를 쫓았다.

좌아아!

조금의 부담도 없이 자연스럽게 수상비를 펼치며 폭벽자가 다음 제물이 될 배로 달려들고 있었다.

"산개해서 놈에게 포격을 집중해라! 접근하게 놔두어선 안돼!"

그 모습에 지진이라도 난 듯이 눈동자가 흔들리던 감령주가 다급히 사자후를 터뜨렸다.

"쏴라!"

"죽여 버려!"

"폭벽자 님을 엄호해라!"

"우리도 적들에게 포탄을 쏴라!"

쐐애액!

콰아앙!

양측의 진영이 쏘아 낸 화살비와 포탄 세례로 하늘이 시커멓게 물들었다.

하지만 그 포화 속을 거니는 폭벽자의 얼굴에는 조금의 두려움도 떠올라 있지 않았다.

쐐애액!

바람이 찢어지는 파공성과 함께 어느새 자신의 코앞까지 당도한 포탄을 바라보며.

"우습지도 않군!"

폭벽자가 코웃음을 치며 양손을 넓게 펼쳤다.

그런 그의 손가락 사이사이마다 일전의 소형 화탄들이 끼워져 있었다.

촤라라!

그가 날아드는 포탄을 향해 양손을 휘두르자 여덟 개의 화탄들이 허공을 날았다.

그리고 다음 순간.

꽈르르릉!

콰아앙!

귓속이 먹먹해지는 굉음과 함께 연이어 폭발이 터져 나왔다.

천지가 무너지는 듯한 울림과 함께 폭벽자의 화탄에서 발생한 충격파가 사방으로 퍼져 나갔다.

"흐읍!"

"으악! 배가 뒤집힌다!"

격랑을 만난 것처럼 왜선이 어지럽게 뒤흔들리고 있었다.

수많은 포탄이 어지럽게 뒤섞이며 자칫 잘못하면 백운세가 진영의 배들도 피해를 입을 수 있었지만, 폭벽자는 단 8개의 화탄으로 모든 피해를 정검맹의 적들에게만 집중시켰다.

그야말로 전장의 모든 불꽃을 다스리고 있는 것처럼 보였다.

'말이 안 나오는 위력이다!'

'이게 폭벽자인가!'

바로 앞에서 목격하고 있는 남궁호와 덕광은 혀를 내두르며 폭벽자의 등을 바라보고 있었다.

꽈르르릉!

콰아앙!

폭벽자가 손을 휘두를 때마다 적벽의 곳곳에서 거대한 물보라가 하늘 높이 치솟아 올랐다.

"하하, 모두 고기밥으로 만들어 주마!"

귀기(鬼氣) 어린 웃음을 토해 내며 적들을 무참히 격파하고 있는 폭벽자의 모습은 그의 이름에 왜 사람들이 폭괴라는 이름을 붙여 주었는지 여실히 드러내고 있었다.

자신들이 도울 필요도 없이 적을 쓸어버리는 폭벽자를 바라보며.

'왠지 누군가의 모습이 겹쳐 보이는 건…….'

'……나만의 착각이겠지?'

덕광과 남궁호는 왠지 모르게 유신운의 모습을 떠올리곤 등 뒤로 식은땀을 흘리고 있었다.

그때, 이탈자들의 갑판 위 상황도 분위기가 완전히 뒤바뀌고 있었다.

"……나는 백운세가의 동료들을 돕겠소."

"갑자기 그게 무슨 소리인가!"

"나는 승리를 위해 수하들을 제물로 바치는 곳 따위에는 가고 싶지 않소."

"그렇다고 마교의 손을 잡겠다는 것인가?"

"그건…… 돌아온 회주의 이야기를 들어보겠소이다."

감령주의 행동에 다시금 정검맹의 진의를 의심하게 된 무사들이 백운세가를 돕겠다며 의지를 바꾸고 있었던 것이다.

한사람만의 상황이 아니었다.

어느새 이탈자들의 배 또한 세력이 반반으로 갈려 혼란이 심각해지고 있었다.

'여기저기 옮겨 붙는 기생충 같은 놈들이.'

그 모습을 지켜보던 감령주의 두 눈에 짙은 살기가 감돌았다.

스아아!

순간 감령주의 전신에서 오염된 마나가 미친 듯이 폭주하기 시작했다.

느껴지는 막대한 기운은 그녀가 현경의 경지에 도달하여 있음을 알려 주고 있었다.

좌아아!

콰가가!

그와 함께 폭풍이 강림한 듯, 감령주의 곁에 돌풍이 휘몰아치기 시작했다.

'저건?'

'인외(人外)의 힘이다!'

유신운의 훈련의 영향으로 선기(仙氣)와 익숙해진 덕광과 남궁호의 시야에 감령주의 등뒤로 반투명한 거인의 형상이 흐릿하게 일렁이고 있었다.

끼이익!

감령주가 다시금 각궁의 활시위를 당겼다.

그러나 활에 화살은 담겨 있지 않았다.

쐐애액!

피유융!

그녀가 활시위를 놓자 공기가 비명을 지르며 바람으로 만들어진 투명한 화살이 적들을 향해 날아갔다.

강태하의 현대에서는 정령시(精靈矢)라 불렸던 강대한 힘이 전장 곳곳에 쏟아지고 있었다.

푸욱!

퍼퍽!

"끄아악!"

"크윽!"

보이지 않는 화살에 적중당한 백운세가 무사들이 단말마의 비명을 토하며 쓰러졌다.

몸 곳곳에 꿰뚫린 구멍에서 시뻘건 피가 콸콸 쏟아지고 있었다.

"폭벽자님!"

"위험합……!"

덕광과 남궁호는 조화신기의 영향으로 정령시의 형체를 감지할 수 있었기에, 겨우 공격을 쳐 내곤 폭벽자에게 위험을 소리쳤다.

"······!"

하지만 그들의 걱정은 기우로 그쳤다.

촤아아!

파밧!

폭벽자는 가볍게 몸을 움직이며 자신에게 쏟아지는 정령시를 모조리 피해 냈다.

그러면서 손으로 날아드는 정령시를 살짝 건드려 적에게 향하게끔 궤도를 수정하며, 품속에서 새로운 화탄을 정령시의 화살촉에 꽂아 넣었다.

꽈르릉!

콰아앙!

또다시 정검맹의 왜선에서 거대한 폭음과 함께 검은 연기가 피어올랐다.

"시답지도 않은 힘을 사용하는구나."

폭벽자가 입꼬리를 말아 올리며 말을 꺼냈다.

감령주가 그 모습을 보며 빠득, 소리가 나게 이를 갈았다.

'씹어 죽일 늙은이가!'

그녀가 다시금 활시위를 당기려 할 때였다.

"신 대주! 이게 무슨 짓이오!"

그녀와 대화하던 이탈자들의 대표가 잔뜩 진노한 목소리로 그녀에게 목소리를 높였다.

"끄으으! 으윽!"

"쿨럭!"

그의 곁에 백운세가로 돌아가겠다 말하던 이탈자들이 고통에 찬 신음을 쏟아 내며 쓰러져 있었다.

감령주가 폭벽자에게 화살을 쏘는 와중에 일부러 그들을 맞춘 것이었다.

"어머, 제 사격 실력이 아직 미천한지라 배신자들에게 잘못 맞추고 말았네요."

"⋯⋯."

한눈에도 그녀의 말이 거짓이란 것을 알 수 있었다.

그는 할 말을 잃고 낙담했다.

'이게 정검맹의 실체로구나. 회주의 말은 사실이었어.'

이탈자들 모두가 같은 후회를 하고 있었다.

퍼퍼펑!

퍼펑!

그런 찰나, 폭벽자의 행동에 또 하나의 왜선이 산산조각이 나고 있었다.

'이대로 두었다가는 배와 폭벽탄을 모두 잃게 된다. 그런 일이 벌어졌다가는⋯⋯.'

대계를 망친 대가는 오직 죽음뿐이었다.

고민 끝에 결정을 내린 감령주가 뒤에서 몸을 떨고 있던 부관에게 명령을 하달했다.

"……놈들을 풀어라."

"예? 맹주께서 놈들은 유신운을 처치할 때만 사용하라 일 렀…… 흐읍! 예, 예! 알겠습니다!"

부관은 깜짝 놀라며 그녀를 만류했지만, 얼음장처럼 차가 운 그녀의 눈빛이 자신을 향하자 식겁하며 몸을 움직였다.

뿌우우!

뿌우!

뿔피리 소리가 전장에 울려 퍼지자 최후방에 있던 왜선의 선원들이 바쁘게 움직이기 시작했다.

처척!

처처척!

그리고 잠시 후. 갑판 아래의 비밀 선실에 봉인되어 있던 의문의 존재들이 모습을 드러냈다.

'저건……!'

'설마!'

덕광과 남궁호가 경악한 반응을 토해냈다.

남은 왜선의 곳곳에서 백발(白髮), 백안(白眼)의 강시들이 흉 포하기 짝이 없는 마기를 흩뿌리고 있었다.

"가, 강시?"

"담천군이 정말 미친 게로구나!"

무림세가
전생랩커

강시들의 면면을 살핀 이탈자들 또한 격노를 쏟아 냈다.

한데 그럴 만도 했다.

강시들의 재료가 된 이들이 다름 아닌 몰살당했다고 전해진 구파일방의 후예들이었기 때문이었다.

무림맹에서 함께 정을 쌓았던 무인들이 강시가 되어 있었다.

"폭발의 피해를 줄여야 한다! 모두 적군의 함선에 갈고리를 걸어라!"

감령주는 폭벽자가 백운세가 진영의 배에 피해를 주지 않게끔 화탄을 사용하는 것을 눈치채고는 왜선들을 모두 백운세가의 함선에 찰싹 붙였다.

이렇게 되면 폭벽자가 어떻게 화탄을 사용을 하더라도, 피해가 겹칠 수밖에 없었다.

'이런……!'

'간악한 년!'

덕광과 남궁호가 감령주의 수작에 탄식을 내뱉던 그때였다.

맹렬히 돌진하기만 하던 폭벽자가 난데없이 걸음을 멈추고 어두운 하늘 저편을 바라보기 시작했다.

덕광과 남궁호가 고개를 갸웃하던 그때.

"네 주인 놈이 오는 모양이구나."

콰르르릉!

콰가가!

폭벽자의 한마디와 함께 귀가 얼얼해지는 뇌성(雷聲)이 터
져 나왔다.

"……!"

모두의 눈이 터질 듯 커졌다.

반으로 쪼개진 하늘의 구름 속에서 본 드래곤을 타고 있는
유신운이 모습을 드러냈다.

다음 권으로 이어집니다

꿈의 도약, 로크에서 하십시오
(주)로크미디어에서 신인 작가를 모십니다

즐거운 세상, 로크미디어는 꿈을 사랑하고 도전을 두려워하지 않는 작가 분들의 참신한 작품을 기다리고 있습니다. 21세기 장르 문학계를 이끌어 갈 차세대 선두 주자 (주)로크미디어에서 여러분의 나래를 활짝 펴 보시길 바랍니다.

모집 분야 판타지와 무협을 포함한 장르 문학
모집 대상 아마추어 작가, 인터넷 작가
모집 기한 수시 모집
   작품 접수 시 유의 사항
   1. 파일명은 작가명_작품명.hwp형식을 갖춰 주십시오.
   1. 파일에 들어갈 내용은 다음과 같습니다.
      ─ 성명(필명인 경우 실명을 밝혀 주세요), 연락처, 이메일 주소
      ─ 제목, 기획 의도
      ─ A4용지 1장 분량의 등장인물 소개
      ─ A4용지 2장 분량의 전체 줄거리
      ─ 본문
   1. 작품이 인터넷에 연재되고 있다면, 게시판명과 사이트의 구체적이고 정확한 주소를 기재해 주십시오.

선택된 작품은 정식 계약 후 출판물로 간행되어 전국 서점에 유통됩니다.
작가 분은 (주)로크미디어의 전폭적인 지원하에 전속 작가로 활동하시게 됩니다.
※ 자세한 내용은 로크미디어 홈페이지(rokmedia.com)를 참조하세요.

(03920)서울시 마포구 성암로 330 DMC첨단산업센터 3층 318호
(주)로크미디어 편집부 신간 기획 담당자 앞
전화 : 02) 3273-5135
www.rokmedia.com   이메일 : rokmedia@empas.com

만렙닥터
13월생 현대 판타지 장편소설
리턴즈

인생 2회 차 경력직 신입
칼솜씨도, 인성도 '만렙'인 의사가 돌아왔다!

만성 인력난에 시달리는 흉부외과에 들어온 인턴
메스도 잡아 본 적 없는 주제에
죽을 생명을 여럿 살려 내기 시작한다?

"이 새끼, 꼴통 맞네."
"죄송합니다."
"잘했어!"
"네?"

출세만을 좇으며 살았던 전생
이렇게 된 이상 인생도 재수술 한번 가자!

무데뽀(?) 정신으로 무장한 회귀 의사
이제부터 모든 상황은 내가 집도한다!

南魔宮帝 남궁마제

문운도 신무협 장편소설

회귀한 뇌왕, 가족을 지키기 위해
정파의 중심에서 제대로 흑화하다!

세상을 뒤집으려는 귀천성에 맞서 싸우다
가족을 모두 잃고 제물로 바쳐진 뇌왕 남궁진화
마지막 순간 원수의 뒤통수를 치고 죽으려 했으나
제물을 바치는 진법이 뒤틀리며 과거로 회귀하다!?

남궁세가의 양자가 된 어린 시절로 돌아온 후
귀천성이 노리는 자신의 체질을 연구하다 기연을 얻고
회귀 전과 다른 엄청난 미모와 함께
뇌전의 비밀마저 알아내 경지를 뛰어넘는데……

가족들에게는 꽃처럼 사랑스러운 막내지만
적이라면 일단 패고 보는 패악질의 끝판왕!
귀천성 때려잡기에 나서다!